U0672189

给，城市里特别的你……

飞走的鼓楼

Feizou De Gulou

鲍 磊———— 著

百花洲文艺出版社

BAIHUAZHOU LITERATURE AND ART PRESS

图书在版编目（CIP）数据

飞走的鼓楼 / 鲍磊著. –– 南昌：百花洲文艺出版社, 2022.10
ISBN 978-7-5500-4760-0

Ⅰ. ①飞… Ⅱ. ①鲍… Ⅲ. ①短篇小说 – 小说集 – 中国 – 当代
Ⅳ. ①I247.7

中国版本图书馆CIP数据核字（2022）第139769号

飞走的鼓楼

鲍　磊　著

出 版 人	章华荣	
责任编辑	郝玮刚	
书籍设计	黄敏俊	
制　　作	何　丹	
出版发行	百花洲文艺出版社	
社　　址	南昌市红谷滩区世贸路898号博能中心一期A座20楼	
邮　　编	330038	
经　　销	全国新华书店	
印　　刷	苏州彩易达包装制品有限公司	
开　　本	720mm×1000mm 1/32	印张 8.5
版　　次	2022年10月第1版第1次印刷	
字　　数	160千字	
书　　号	ISBN 978-7-5500-4760-0	
定　　价	48.00元	

赣版权登字：05-2022-147

版权所有，盗版必究

邮购联系　0791-86895108
网　　址　http://www.bhzwy.com
图书若有印装错误，影响阅读，可向承印厂联系调换。

自 序

打开一本陌生作者的书，它应该很温暖，在空调嗡嗡作响的寂静房间。

炎夏，或是寒冬。

可能你刚刚忙完棘手的工作，噼里啪啦一番微信沟通后，烦，很烦，但极力克制住情绪。可能这个时候，天已微微发亮，失眠一整夜的你，不得不起床，冲个澡，化好妆，没时间，或者根本就没有胃口吃早饭，站在镜子前努力地笑一笑，若无其事出门上班。可能此时，你连床都下不去，电话始终静音，更别说拉开窗帘。

在城市，我们都太忙了。没时间好好把自己交给自己。有时间，也宁愿追追剧。我写的都是一些很短小的故事，每篇三万、一两万，大都在几千字而已。这些心中的喜悦，或是偶尔的难过，它们统统发生在你所居住的城市里，有深深躲藏在暗处的灵魂，有许多的不容易，许多不被了解的心事。我只是希望自己尽量用一颗同理心，试着让这些小小的、小小的事情与心情，被很理解、不被偏见地看见。书里的每一个故事，或许都是同一个故事。

非常喜欢买书，那些已经故去的作家的书，像是我的精神导师一般，潜移默化，指引着我。每次在拆封时，用刀子将裹在书上的塑料膜划开、剥去的时候，我就在想：这些逝去的作家，知道若干年后，有一个生性敏感的男生，小心翼翼在拆他们的书吗？然后他会认真包上书皮，再慢慢阅读。

我想，更应该珍惜每一个在世的作者写的书。就像，每当我听见一首好听的歌曲，会去网上查一查那个歌手的资料与动态。作品是静止的，但阅读的人，可以让书活起来。

在这些虚构的作品里，写出来的只占一小部分，没有写出来的，或者不用写出来的感情，才是第一位的。这些炙热的小情感，多半像一座冰山，隐藏在海面下，那些庞然大物，正等待着你去探寻答案，赋予它们继续"活"下去的意义。

这本集子，收录了二〇一三年至二〇二二年九年间所写的十九篇短篇小说。除了一两篇写于二〇一三年与二〇一四年春天、《阿南旅馆》写于二〇一五年六月去往广州看完万芳

《原来的地方》演唱会之外，约有一半篇目，写于二〇一六年夏天。后面几篇，则集中创作于二〇二〇年五月至八月。今年初，签订出版合同，交稿之前，决定再过一遍，但尽量保留当初写作时的线条。

《飞走的鼓楼》是近作，也是最贴近自己当下的一种心情。一场瑞雪，时断时续，起码下了三四天，它似乎在有意召唤我：出去，出门去。可是，我却使劲摁住心里面使劲涌动的那条"小蛇"，同时对自己说：不要外出，不要外出。趁机，借此雪天，好好待在房间，隔着窗子，在雪中，虚构一篇小说吧，写写目前心态下"我的北京"。

所以这本小书，都是有关城市母题的创作，也想借此，向我居住多年并热爱的北京致敬。

小说中的旅行元素，做旅游编辑抵达的那些目的地，是我一直想放在虚构作品中的，末尾的《斯德哥尔摩之眠》就是这样的一篇。它貌似有些"丧"，却用一种以毒攻毒的方式讲述着人生的无聊、出其不意。看似努力，或许并不会因此得到好报，然而在一定范畴内，每个人都应该对自己好一点，或者稍微"自私"一点，比如，送给自己一场旅行，即便终究是一个人的，或者总是困在房间里，貌似一直原地踏步。

希望这本集子，也可以在旅途中陪伴着你——在飞机上，在高铁飞驰的座位上，在炎热的东南亚因道路不平而晃动的大巴车上……。

回忆过去，始终记得，二〇一六年三月下旬，房东突然卖房子，我被"撵"出来，借住在通州北苑一位朋友家。上下班路上来回耗费四个多小时，不想虚度时间，决定找一件有意义的事情来做，于是便在拥挤不堪的八通线、十四号线，以及十五号线的地铁上，躲在车厢的一个固定角落，塞上耳机，打开手机，旁若无人，将大部分初稿直接写在备忘录上。

于我而言，它仍是一本"少作"，与之前出版的两部长篇小说，组成我眼中的"八〇后青春三部曲"。

我痴迷文学创作，在写作与发表较同龄作者走得要慢许多拍的过程中，极其珍惜每一次书籍出版。我也很难说清，小说创作究竟是编织，还是经由时空内外，将当下与过去，做了某种看不见的梳理与联结。

九年里，准确说七年，只写了数量有限的短篇小说。用自己的方式，去写我想呈现的小说样貌。就像花园中，要容纳外形各异的植物，平等地接受阳光照耀，或供人观赏，或只是兀自生长活出自己的模样。文无定法，能够在繁忙喧嚣的世界，借由阅读获得片刻宁静，我的小说能给你一点点启发，或者干脆就只是催你入睡，那我也觉得功德无量，算是做了一件有用的事。

我用自己的方式写着小说，希望文学在这个没什么人看的时代，别被某一撮人"内卷"。我常常想，如果我能主编一本纯文学杂志，一定要让那些热爱文学，但没什么机会也没什么资源发表的写作者，都很公平地进入到"花园"中来。互相之间不吹捧，也不打压，客观而自然。

特别说明一下：作为小说创作，本书所涉及的人和事皆是虚构，切勿对号入座。

壬寅年壬寅月壬寅日壬寅时（二〇二二年二月十八日，三点至五点），在一百八十年同元一炁的特别日子里，大约凌晨四点，我向宇宙许下了心愿。祝福自己可以一直写下去，可以看见自己的进步，在书写的实际行动中，被自己和他人需要，感受到一种由衷的幸福感。似乎除了写作之外，很难找到在这个世界上，令自己真正感到有意义、有价值且让心里踏实的一件事了。什么样的性格，去做什么样的事，我想，大抵就是这个样子吧。活在文学世界，三生有幸。

在北京，已经十五年。可以说，他乡已然成故乡。

其实，我只想抱着我的电脑，一直写、写、写……

感谢徐可老师、满全老师、卢一萍老师、李树榕老师、阿霞老师的推荐。

感谢鲁迅文学院同学李晓伟兄的评介。感谢百花洲文艺出版社上海出版中心郝玮刚主任在本书出版过程中专业而认真地付出。感谢我的家人。感谢雪松一直以来的支持。

这本书，就是城市里的小事情。有我，有你。

我和你一样，来自小地方。

我们都很倔强、勇敢地活在大城市。为梦想，或者只是为离开本身。

但愿我们，心中都温暖有爱。

鲍磊

2022年2月28日于北京

目录
CONTENTS

一棵桑葚树*

一

生活里旁人眼中不怎么重要的小事，有庆反而珍重对待。这份说不清道不明的感受，在一个桑葚成熟，噼里啪啦往下掉的初夏早晨，在疾行健步如飞的晨练途中，似乎略微想通了一点——

嗯，或许我一直在偷偷弥补自己亏欠的童年也说不定。

树影斑驳，打在通往一条城市轨道交通站台的无名小路。许是起得太早，路上没有人。一只麻雀突然停在一辆青色共享单车的车把上，转动着灵活的脖子，用好奇的小眼睛，打量着端着胳膊、用非常夸张的姿势快走甩臂的有庆。

作为一个资深酒鬼，这是他戒酒的第四天。然而"四"

＊ 桑树的通俗称谓。

就像死，戒断反应让他昨晚口干舌燥。在无数个想要下楼去小超市买酒又不断把自己摁住的反反复复中，最终以打开空荡荡的冰箱门、拉开一罐奇小无比的可口可乐让自己镇静下来。他非常庆幸自己没有吸毒，否则这一生应该都戒不掉了吧，那不就彻底废了吗。

桑葚树稳稳当当寂然伫立在那儿，有庆绝非发现它的第一人，但真正对一棵树产生奇妙的感情，他肯定排得上数。叶子是绿的没错，这句话乍一看不是废话嘛！然而桑树的叶子可是桑叶，养在纸上的蚕可是吃着桑叶一点一点长大的，直至作茧、成蛾。一只蚕，从蚕宝宝蜕变成一只蛾子，它的一生都在以不同的姿态辛勤劳作。有庆抬头看着随风晃动的桑叶，想到吃着这些叶片的蚕，竟然有一些细思极恐的讶异。

早晨的阳光继续跳跃着，透过飘忽不定的叶子，呈现出一种璀璨的光芒。他爱这样的时刻，有时多半会情不自禁掉眼泪。

长在树枝上的桑仁与因熟透而自然坠落的果实，前者呈青色或是微微泛红；后者则完全是饱满而结实的暗紫色，旁若无人，噼里啪啦尽管自顾自地往地下掉。这可乐坏了嘎嘎作响的喜鹊，无论有没有人，只管蹦跶着低头啄食。视野所及，有庆并非将这份莫名升起的对于桑葚的爱只停留其中，如同醉翁之意根本不在酒，而在于黑紫黑紫的这些果实颗粒和前来吃它们的雀鸟的无所顾忌。是这份在植物与鸟儿身上所存在的斩钉截铁的笃定，让经常深陷彷徨的有庆自叹弗如，然后流下不知是被它们感动，还是对爱产生绝望的复杂泪水。

这天，是他与她分开的第二天。

二

事情都是等价的，包括爱一个人、恨一个人。由爱生恨，最终走向毁灭的故事比比皆是。武侠小说里的周芷若是，裘千尺是，有庆对于似红的爱更是。

"你不要顾左右而言他。" 似红说出这句话是在一个蝉还没聒噪的上一年的初夏午后。一个没睡好的午觉，多少让她心烦意乱脾气暴躁。可最令人无奈的事就是连有庆自己也想不明白，为什么当初好端端的一份感情，好到以为根本就会一直腻下去，甚至连吵架这种想都不会去想的小事，随着时间的推移，竟逐渐成为生活的日常了呢。

决定养一只猫，是俩人关系开始出现裂痕的第三个月。在逛了几家猫舍后，心思细腻的有庆得出的结论是：公猫之所以比母猫瓷实，毛发紧贴顺滑，不像母猫那样炸飞，皮肉松弛，多半像是男人总会比女人要皮薄紧致，而非像她们裹坠着软囊囊的脂肪显得臃肿。

天地阴阳，如同起初俩人在内蒙古东北部一个叫月亮小镇的地方相识时所听到的一个美丽传说。当地人说，白桦树与松子树是一对夫妻树。似红就想，倘若我是松子的话，那有庆就是白桦。耽于幻想的似红像任何一个热衷于浪漫的女人一样，在爱情面前活成了幼稚的小女生。然而，那个爱你的人，当初很可能是被彼时你的音容笑貌，准确讲是那个独立又酷的性格所吸引。你要记得，有一些东西始终要细水长流。然而作为五星级大酒店的驻唱歌手，似红在当晚与喝醉了的有庆发生性关系后，没过一个星期便不再外出打工，反而开始了一段无比漫长的在家生活。说得不好听点儿，就是变成了一名无业游民。

在一起七年的某日清晨，太阳像长了一副影子似的在大地跳舞。有庆对似红说："你最近活得真是越来越没心没肺了，这可不行啊！"似红回道："我就想这样，咋地吧。"有庆没再接话，揣上一包烟，摔门而出。寂静的房间，回旋着无声的啸鸣，虽然这仅仅是从似红心底发出的声音，却逐渐像拍打而来的巨浪，淹没了本来挺好的一份心境。

那阵子电视里正播《甄嬛传》，已演到甄嬛腹黑心境已不复往日的后半段。心境早已不复往日，这可能是许多人经由时间的过往，经历大大小小的许多事情后，所悄然发生的改变。它是必然，更是非常无可奈何的家常小事。你是，我是。对有庆是，对似红也是。

"要么就这样半死不活地继续将就下去吧，或者分！"当这句话从似红的心里蹦出来的时候，连她自己也吓了一大跳。好多事都不能计划，因为计划也未见能如愿以偿，莫不如活在此时此刻，权当未来不迎吧。

人生行至山穷水尽之后，可能就真的只剩遗憾。你有好好地为自己活过吗？请问，你有为自己而活吗？还是为了家人的期望，爱人的要求，子女让你照看下一代的托付，而逐渐没有了自己。你忘记了天赋才华，像其他人一样，将自己融入茫茫人海，任凭沉浮。

似红理想的生活用一句话表达就是：每天的日子，过得别那么紧张兮兮。不能说无事一身轻吧，但总归也差不离。

对于人生态度的陡然转变，发生在接到伯父突如其来的病危通知。十一岁父母离异后，她是被伯父一个人带大的。糟糕的情绪如鲠在喉，一时间竟不知所措，心里多半是对自己的埋怨，生自己的气，因为光是手术费、医药费、住院费……种种这些开销就令她焦头烂额。她恨自己这些年根本就没攒下钱，浪费了大把时间。时间都用来思考人生那些不着边际的问题了，把自己的日子过得很虚，难怪有庆对她越来越提不起兴趣。

她看见躺在ICU病床上的伯父，其貌不扬，五官最为显著的一个特征是龅牙，由于太瘦，憨厚老实的他被街坊邻居起了一个外号叫耗子。五十几岁的人了，还留着长长的头发。"耗子"没有固定工作，白天在茶饮店做保洁，夜晚有时给写字楼打更，深夜也会偷偷地拾垃圾。他特别爱穿匡威，这也难怪，瘦高的背影，好几次让人误以为是年轻力壮的帅小伙儿。

她很难受，这种难受不亚于提前脑补了伯父去世的画面。奇怪的念头令她自己错愕万分，毕竟他还活着，怎么能够联想到死呢？可她就是无法停止上演跑马灯似的出殡情景。她看见伯父躺在冰冷的水晶棺中，蒙着一块黄色的裹尸布，从身体起伏平缓的线条中，能感觉出他瘦高的身体缩小了不少。其实棺材就是一台插着电会自动启动的透明冰柜。一个活完了这一世的男人不再呼吸，不需要再进食，不用再看别人的脸色，不用再为了钱而发愁甚至低三下四，无需与自己反感的人频频周旋。当然，他更不会再听见她一声声地喊他伯伯了。

似红从不着边际的恐怖臆想中马上回神，当务之急是想办法弄些钱。所有的烦恼都是因为穷，很多人都试图在本就不多的你的身上分一杯羹，就像玛丽莲·梦露在去世时，尸检器官的很多部分，肾脏、大肠，甚至乳房，都被她的情人悄悄偷走。

"原来，身体是可以挣钱的。不会吧，莫非你才知道？戏子，妓女，不都是嘛！"她一遍遍在心底自问自答，反反复复，像是一个得了强迫症的女病人。

<h2 style="text-align:center">三</h2>

太阳继续伸影跳舞。

在他们冷战的那几天，其实她很想他。有时在午睡中梦见有庆，突然惊醒，还来不及咀嚼梦境，就把梦里所有的发生和他的音容笑貌忘得一干二净。似红想，这是老天爷故意安排的吧，它让思念的念力愈发强烈，但又以一种满不在乎的假象幽暗呈现。她要起强来，简直无法形容那份根深蒂固的倔强。然而问题的关键是，她要强得或许根本就不是地方。于是在起风的夏日午后，她再度流下眼泪。

人活到最后，假使越活越明白，越活越通透，就会清晰地明白人所经历的一切，其实都是不可重来的财富。这些生命的累积，你兴许是用咬牙切齿的泪水换来的，甚至还搭上了自己仅有的身家性命。伟大爱情里的浓情蜜意，活着不可或缺的事业与金钱，总感觉这背后都有一双手使劲推着你往前走，好像一切都早已安排好，是命中注定的。你只需默默努力甚至静静等候，等待幸运之神的垂爱。

"你要想帮我，那不是分分钟的事儿。说白了，你还是对我有所保留！"似红为了钱向有庆说出这句话。

"对，我就是认钱！行了吧。"有庆回。

手捧《官场现形记》的似红又说道："权利不用，过期作废。"

"你她妈真的疯了吧?！"有庆骂完这句重话，抄起一瓶二锅头咕咚咕咚就喝下去。

这酒喝得头疼欲裂。为了让自己好受点儿，晃晃悠悠的有庆去往洗手间，跪在马桶旁，扣自己的嗓子眼儿，哇哇大吐。

四

后来似红想明白了一点：一步一个脚印，不依赖于任何人，旁若无人、大度、自由自在地做自己，无论这期间经历过怎么样的不屑、诋毁与冷言冷语。每一次熠熠生辉之前，都会经过漫漫长夜。这路径异常曲折，但，它有它存在的某种貌似神性的安排。没有什么辜负与不辜负，因为，靠近梦想终极的那束光，始终都会照耀你、引领着你。那些来不及陪你细水长流的过客，不怪他们走得太急太快。可能在这个残忍得只讲究金钱与利益的现实，每个人，包括自己，都难免会丧失耐心。要怪，就怪自己不够努力。

然而此时此刻，似红只想将头靠在有庆的肩膀，痛痛快快地好好哭一场。这哭，是哭七年之痒的爱恋与不舍。这哭，更是哭自己。

五

有庆把钥匙从钥匙扣上卸下来，放在厨房洗衣机的台面上。临走前，他最后在小黑板上写下了几个字。

你，做好准备了吗？我们，各自飞翔。

六

夏初的桑葚树还在噼里啪啦地往下掉桑仁，然而一个转身、一个回头，可能就是再也不见。

飞走的鼓楼

一

华灯初上。在雪光的映照下，鼓楼发出一种暗沉的红黑色，远远望去，其实有点瘆人。楼下，一群漂亮、帅气、不明来路的博主，热热闹闹，正在扎堆儿打卡拍照。时代以太极的浑圆向前滚动。这座明代永乐年间的古老建筑，早已不复往昔面貌。清朝顺治时期一把大火将二楼烧毁，乾隆重建，嘉庆重修，但，它又还是它。庞然大物的一座古建，气势仍然恢宏，一股震慑人心的巨大能量，似乎在六百年后还在四周弥漫。几步之遥，形单影只的钟楼，倒显得有些孤单。一片片灰灰的砖瓦片，点缀着弯弯绕绕的一道道青苔绿的琉璃房檐，在一种侘寂美学颜色的搭配下，在一段古今时间的分隔之中，它和它，在傍晚与清晨，被胡同人家放飞的鸽群振翅飞翔在天空；街巷两边马路开了关、关了开、不停变换营生与店主人的各式店铺；靓女俊男时尚拉风在夜色霓虹闪烁时的疾行脚步中……经由这些物，这些人，这层层堆叠与环绕着的时代变迁，寂然不动。

三个小时前，刘森从地铁八号线什刹海站A出口走上来，雪，暂时停了。这是乘坐公共交通抵达鼓楼最优的一个出行方案。停停下下，下了三天的雪，虽然很有可能随时再下，且雪后路滑，也并不适合出行，然而积雪未化，阴沉天空弥漫开来的大雾，湿漉、黏腻、冻骨的体感，特别对他的心。何况，他和他，早就约好，五点钟，鼓楼那边，那个"老地方"见。

身为土著，鼓楼是刘森小时候动不动就沿着鼓楼东大街一路狂奔的地方。他还迷恋家周边——北二环那些好听的地名：织染局胡同，冯国璋旧宅，梓潼文昌庙。此时，冬日暖阳，斜斜打在他的脸颊，额前刘海儿碎发的四周闪闪发着光。再有几天，八号线南端即将开通，从此南北运行的线路，又多了半条。到那时，想必人也会暴增，就不容易落着座了。驾照考了几年，几乎没怎么摸过车，用他自己的话讲，只有坐着公交、地铁，心里才能找到那么一丁点小时

候的感觉。穿着棉猴，在小经厂胡同乱窜。滚铁圈儿，抽冰
尜，腰上别着磁带随身听，听何勇唱着《钟鼓楼》。

　　我的家就在二环路的里边／这里的人们有着那么多
的时间／他们正在说着谁家的三长两短／他们正在看着
你掏出什么牌子的烟……

　　每逢周一，正当多数上班族因黑色星期一而焦虑不已时，
一周只休息一天的他，只要头天晚上没喝大发，一般都会从
团结湖附近的寓所，坐上十号线再倒八号线来到鼓楼。除了
平时工作的地点三里屯，在北京，没有哪儿能比儿时长大的
这一带令他念念不忘了。即将四十的刘森一边走，一边跟得
了强迫症似的，反复摸着左眼下方的细纹。

　　察觉自己开始变老，是在头天晚上快十点给店里最后一位
顾客焗完头。把客人刚漂成奶灰色的头发用吹风机吹干，无
意中瞥见对面镜子里那双黑眼圈加重的眼周，细纹被一会儿
亮一会儿灭的灯管照得若隐若现。老了就是老了，虽然一时
半会儿，还无法正视这个事实，但转念一想，开始衰老，总
比没钱要强上百倍吧。更何况身体健康，尚无大碍，就知足
吧。不想了，等打烊去喝一杯，就什么愁都解了。

　　客人哎哟一声，抱怨吹风机对着一个地方吹得太久，头发
都要焦了。刘森心里本就不顺，可好，小年轻一叫唤，正好

当个出气筒，那就掰扯掰扯。坐在门口沙发滑拉手机的陈默见气氛不妙，起身小跑，上前一把夺过吹风机，一边比画着手势，一边啊啊的，撵他出去抽根烟。

十九岁的陈默是他雇来的小工，四岁发高烧，用错药，落下个哑巴后遗症。老家在东北县城下面的一个镇子。被小伙伴欺负着长大，没有一个朋友，直到有一天，在一个下着大雪的早晨，上学半路，一只小猫躲在瓦片下喵喵直叫。他小心翼翼走上前，与无辜的小猫眼神刚一对视，想都没想，迅速伸出小手，把它捂在怀里，掉头，从此再也没去学校。奶奶说，不去就不去吧，默默，我来养。还有咱们的小默。指着他怀里的小猫说道。那时，父母尚未去北京打工，直到默默十三岁，俩人双双离开镇子。第一年，一个星期还能打一回电话报个平安。每次问题几乎都如出一辙：娘俩身体好吗？午饭吃的啥？后来，打电话的频率越来越少，直至彻底失联，不知死活。

奶，我去北京，找他们，回家。十六岁的默默比画着手势。小不点儿的默默仿佛在一夜间蹿高，一米八七，瘦瘦高高的个子。不知从何时起，喜欢对着镜子摆弄自己的头发。奶奶笑道，我们的默默长大了，开始知道臭美了。已经七岁的小默，佝偻着背，站在镜前，一会儿瞅瞅自己，一会儿又瞅瞅镜子里的小主人。不想再主动发出一言一语的喉咙，空气里那份就此凝结的沉默，衬得那张本就好看的漫画脸，更加安静喜悦。

别人的安静，大都是故作深沉的演技。默默的，不是。试想，要遭受多少冷嘲热讽的白眼、言语的中伤，才能让一个胆怯害羞的小男孩，自行摸索着，一天天、胆战心惊地长大。除了奶奶与一只猫，天底下，没有什么人可以信赖，爸妈也不能够。直到有一天，在北京，遇见刘森。

他把小默留下来陪伴奶奶，一个人坐汽车，又换绿皮火车，一天一宿后，抵达曾经在脑海中无数次幻想的首都。从东北开往北京的火车大多停靠北京站。跟随人山人海的乘客，被一股慌张感紧紧裹挟，近乎被人群推搡着出了站。回头，目视"北京站"三个大字旁边的那座大钟，想，我这是到北京了？正在不确定之际，喤……喤……正午十二点报时的钟声敲响。是的，这不是梦，他已经来到北京。或许是旅途过于辛苦，第一次远行，独自一人，又恰逢雪花飘落的平安夜当天，自此往后，雪，成为他心中不可磨灭的近乎于火焰般地温暖。虽然在东北，冬天，下过的大雪不计其数，然而北京的雪，就是显得哪里不一样。

哼哼唧唧的哎哟喂，在就要跟漂成奶灰色的小年轻动起手来的瞬间，让做事周全的陈默一把拦下。出门在外，要是啥事都靠打架解决，社会不得乱了套。刘森不懂手语，吊儿郎当的性格，哪里会学。认识陈默的第二天，就把自己的iPad拿给他，说，你就使着，想说啥，用笔直接写在上头。陈默接过平板电脑，欣喜与好奇之下，画了一个微笑的猪脸。刘森哭笑不得，问他，啥意思，莫非我是猪呗？陈默一脸憨憨的表情，咯咯咯止不住地笑。

摆平了差点吹焦头发的小年轻，关门，周日晚上，孋上陈默又去吃夜宵。三里屯从不缺美食与夜生活。高档餐厅，苍蝇小店，有情有调的深夜食堂和小酒馆。隔着一条马路，就是著名的酒吧一条街。当然，他们肯定不去，怎么讲，有一种老夫老妻太熟悉的感觉吧。作为潮人心中汇聚时尚的不二之地，在刘森眼中，三里屯，除了适合赚钱，自己并没有享乐目的。倘若有那么一丁点，隔三差五，去昔日未关门大吉的老书虫，喝上一杯爱尔兰咖啡，算是其中之一，还总是在等红绿灯之际被那条永远水泄不通的斑马线搞得慌张的时候。于是低下头，盯着自己脚上的马丁靴，将耳机里NIRVANA（美国的涅槃乐队）的音乐调得很大声。挺大一人了，还是改不掉小时候社恐的毛病。刘森待在室内，就没有这个问题。他拿着剪刀，专心致志、一言不发地给客人修剪头发。从团结湖社区到三里屯北区，快步疾行上班二十分钟的路上，倘若哪天出门忘记戴耳机，都能堪称灾难日。但是，在北二环，在鼓楼，以及鼓楼东大街，就连素日里马路上的车声，也只会是变奏的民谣。丁零零……自行车车把上的铃铛，在某个瞬间，被时间的手按下，一连串的悔恨记忆便会悄然涌出。他不想又掉进情绪的漩涡，索性使劲晃了一下脑袋，试图把自己摇清醒。

去喝酒的路上，雪花纷纷扬扬，像是跳着交谊舞陆续飘落。这个冬天，冷得确是有个冬天样。陈默心细，盯着落在黑色羽绒服上的雪花，心中惊叹，这么对称的六棱形冰晶，不是神造，那就说不过去了。每当在iPad写上神啊鬼啊仙儿啊什么的，刘森就逗他，真是没上过学，外地人，满脑子竟是封建迷信思想。陈默气不过，拿着平板电脑假装要削过去。刘森求饶，直呼，不说了，不敢了。打闹之际，陆婷多半会上前将撕扯玩笑的两个人分开。

她有一张上了妆，与这个时代大街上其他美女一模一样的脸。与其说是发小，是美发店义工，莫不如说是他的跟屁虫，甩也甩不掉。曾经，店里还有三个女性小工，都被她挤对走了。他就像是受控于她的明星美发师，而她则像个王牌经纪人。安排他每一天用微信预约做头发的顾客。他只需握好手中的剪刀，像一个设定好程序的机器人，天衣无缝地收拾妥别人的脑袋即可。如今，店里就只剩下陈默打打下手，洗洗头发，上上发色。她见他还是一个毛孩子，又真的不能言语，否则，估计也给撬走了。陆婷眼里揉不进沙子，容不得别的女人给刘森发微信，更别提做头项目之外，言语与肢体接触了。她把他看得死死的。

　　不知为何，这几天，臭丫头片子有点臭来劲。先是将会员充值的1888元年卡费，在电脑操作时误输成了188，顾客有气，发朋友圈抱怨，"剪头发的，素质就是差！念书少不说，连数也不识吗？"下面，配了一张年代久远，留着长长斜刘海、非主流爆炸头的照片。陆婷留言，直接怼道，不带这么埋汰人的！念书少，也比你个道貌岸然的老巫婆强！原来，会员是个五十岁左右的中年女人，特别爱臭美，隔三差五就去店里换造型。年根儿将近，又续了最实惠的三八折会员卡。刘森碍于情面，见中年女人是老顾客，但她说了包括他在内的美发从业者的不是，刘森心里当然也不爽。这不，最近两天脑袋似乎不在线的陆婷，给客人夹头发时，手一滑，又把卷发棒上滚烫的金属片，直接贴在了人家脖子上，疼得顾客直接开骂，就说要过年了吧，置办年货，你这是燎猪毛呢啊！刘森听见，扑哧一声，忍不住笑出声。反倒是陈默，赶紧将沾湿的凉毛巾敷在客人的烫伤处，冲着俩人，狠狠地瞪着眼，似乎在说，祖宗唉，是吃蜜蜂屎了吧，这生意还要不要继续做下去了。

有一回，陈默真跟刘森闹起别扭，把他的幼稚、愚蠢、无聊一一写在iPad上。刘森说，怎么，这是要细数我的几大罪状呗。陈默气得直跺脚，把那天新穿的小白鞋"哐哐哐"没几下就给跺脏了。刘森调侃道，咋的，你生气归生气，鞋可是无辜的。那你给我买那把吉他，他写道。原来，在平安里一家琴行，他相中了一把红色的木吉他。站在墙壁挂满吉他和尤克里里的拥挤小店，他像吃了《西游记》里对付铁扇公主的定风丹，久久站住不动。天底下，根本就没有感同身受这回事。刘森体会不到，陈默不再用喉咙发声，心里究竟会如何憋屈。陈默也想象不到，每个月拥有六位数流水的刘森，在他的十六岁时，究竟会过着怎样一种优渥的生活。每个人的小时候，真是天壤之别。想要一把吉他的原因非常单纯，当手指拨过琴弦，慢慢止息的声音，对他有一种疗愈的功效。鼓声、钢琴声、笛子声统统不喜欢，唯独吉他琴弦的声音，像是代他张开嘴巴，说出只言片语。埋在心窝的情绪，总要找到宣泄它的合理出口。后来，吃蜜蜂屎了吧，就变成了他一句无言的口头禅。

幼不幼稚啊，多大的人了，还在iPad上贴贴纸，小姑娘家家都没你能鼓秋。陆婷指着被陈默粘满卡通贴纸的平板电脑，冷嘲热讽道。陈默没吱声。但凡有她在的场合，无论何时何地，美发店、夜宵店、小酒馆、电影院、游戏厅，他都不表态，将iPad紧紧抱在胸前，面无表情的一张脸就像是一副扑克牌。他只想背着一把心爱的红色吉他，将刘蓝溪的那首《小雨中的回忆》，练得滚瓜烂熟，弹进自己的心，跟身体合二为一。然而，他连琴也没有，何来练习呢。

每一天，在这颗蔚蓝色星球活着的每一个人，都是一场又一场新的练习。周一雪后初晴的午后，什刹海地铁站外，湿冷的空气，冻得刘森骨头疼。抬头，那座红色的鼓楼，稳稳当当地寂然不动。隔着空气，不近不远地看着，就仿佛已经在向它打招呼，嘿，你好！昨晚，喝酒快结束时，一通陌生电话，将慌里慌张的陈默叫走。刘森问他，对方是谁？什么事？他支支吾吾，在iPad上写下两个字，老乡。他问，怎么，认识你快两年，从哪儿蹦出来个老乡？孙悟空吗？他写，你别管了，明天鼓楼东大街"老地方"见。说完，叫了一辆网约车，先撤了。刘森穿着一件单薄的白T恤，两只文着图案的小臂暴露在寒冷的空气中，在酒精的作用下愈发显得黝黑。他追出去，陆婷追在他身后，一把拉住，大声喊道，刘森，你给我回来！有点出息行不行！他回头，用手蹭了蹭鼻子，晃晃悠悠地骂道，你他妈少管我！

陈默认识刘森，是从东北老家来到北京的第二年。在这座有国贸，有亮马桥，有蓝色港湾，包括有霓虹闪烁的三里屯的北京，寻找下落不明的父母，已经过去了一年。一天，他正在电影院看《反贪风暴》，第几部忘记了，本以为是廉政公署与贪污受贿不法之徒斗智斗勇的文戏，熟料却是突突突的枪林弹雨，惊心动魄的枪战情节令性格温吞的他边看边发出想吐的干呕声。坐在前一排观影的刘森，被这股夸张的呕吐声吵得情绪即将失控。然而，就在回头的一瞬间，电影屏幕的惨白强光，恰好将影院映得半亮。天！这双眼睛，怎么那么像他！刘森心里猛地一颤。

陆婷说，俩人天天见，还见。刘森回，你管呢，兄弟感情好。陆婷用嫌弃的口气说，恶不恶心，还兄弟，你都能当人家小孩儿爹了！经她这么一提醒，还真是。平常在店里没大没小的，近水楼台先得月，动不动就鼓捣鼓捣头发，快四十了，尚未步入油腻大叔发福的境地。用陆婷的话埋汰，你这还得仰仗于白天饮食不规律，多年慢性胃病，身体压根儿就胖不起来。搞美容美发的，肯定在意自己的形象，否则，也不会选择这个行当。他和他，还确实是两代人。

当初，爷爷健在，一大家子住在小经厂胡同里。冬天，烧蜂窝煤，公共厕所也不像十几年后这么多。老爷子过世后，速速分了家。都有性格的哥仁估计也是在一个屋檐底下生活倦了，好不容易逮着机会劳燕分飞，好家伙，自此老死不相往来。倘若没有自己九岁所犯下的那个不可饶恕的过错，十之八九都会在鼓楼附近开一家唱片店。所以，每当陈默站在吉他店不出来，刘森都还是死活不进去。音乐，算是他的一个痛吧。指着他，说，我也就像你这么大吧，学会了弹吉他。有啥用。到头来，不还是给人剃个头。除非你寻思好了，一门心思扎进去，不为别人的任何意见所左右。

雪花不疾不徐，缓缓飘落。中专毕业，最烦上语文课的刘森，第一次体会到"鹅毛飞雪"这个词的含义。心想，好家伙，真是难为清洁工了，这得撒多少盐啊！雪，真的没有要停的架势，并且越下越大。今天早晨的欣喜，逐渐被深夜道路上的泥泞所取代。所有事物，一旦失衡，就慢慢丧失美感。用陆婷的话讲，你可真是拥有一手好牌，却被自己打得稀巴烂——北京土著，家里两套房，吃穿用度不愁，在三里屯开着一家别人羡慕的美发沙龙，每天流水不断，心里怎么就空空落落的呢？我看你就是没事儿闲的！

起初，每天早上雇来打扫卫生的阿姨以为陆婷是老板娘，张口闭口，一声声"嫂子""老板娘"地热络称呼，直到刘森有一天轻躁狂发作，骂道，滚！不需要你来定义我！哪儿凉快挨哪儿待着去！保洁阿姨这才知道原来他还没有结婚。你永远无法知晓，迎面走来的一个美女、帅哥，好看的皮囊与入时的穿着下，灵魂是否正被一颗药片安抚。城市的风吹进每个人的心，只能冷暖自知。北京，更不例外。

怪怪的心情，总觉哪里不对。去医院，心电图、B超、CT、抽血，各种化验全查了一遍，没有任何器质性病变。最后，中医院的大夫号完脉，说，你这是肝气郁结所致的躁郁症。他不信中医，觉得这玩意儿多半带点伪科学色彩，何况，从小就在新街口淘碟，视NIRVANA的科特·柯本为精神偶像，对当年他在舞台疯狂砸吉他的壮举了如指掌，所以对那三个字的精神疾病并不陌生。没吃药前，他发现，每天喝点，挺好。倘若真是一顿酒能解决，那也倒认了。最怕心情一直跟过山车似的跌宕起伏，那这酒，岂不得顿顿喝。北京人把酒徒称为酒腻子。按照这个说法，刘森肯定数得上。

今天，坐着地铁来到鼓楼，就不只是休闲地晃一晃了。陈默昨晚的一句"老地方"见，俨然成了一个暗号。刘森有困惑，比如那个老乡是谁？他到底怎么了？是碰上棘手的大事儿了吗？等等，他都想一一解开。不过，他也有秘密。他心虚。至于因何事而心虚，时间还得倒退至儿时的那个雪天。

二

三十年前，冬日傍晚，小经厂胡同。一个一边跑，一边滚铁圈儿的九岁小男孩，冲着一只毵毛的小黄狗，嘴中大声嚷道，站住，你给我站住，别跑……疯疯癫癫地追过去。小狗似乎觉得这个小男孩在跟它玩，果然，在胡同尽头的蜂窝煤煤垛前停下，转过小脑袋，哈哈吐着舌头，向他摇尾巴。此时，男孩脱掉圈儿上的铁钩，照着小狗，恶狠狠地打下去……小狗嗷嗷嗷，发出一声声刺耳的惨叫。男孩蹲在地上，将小狗堵在墙角，戴着大人的黑色皮手套，将头牢牢摁住。小狗使劲蹬着腿儿，惊惧的眼珠，在眼睑四周乱转，无辜的不知所措的痛苦的小眼神，乞求他停手。谁知，小男孩一边继续厉声嚷道，我让你叫，让你叫……一边用另外一只手，继续朝着肚皮使劲抡下去……没过多久，小黄狗倒在地上，身上血迹斑斑，奄奄一息。白色的雪地上，除了煤黑色，就是模糊的一摊血……正在这时，另外一个小男孩，也就五六岁的样子，穿着碎花布面子缝的棉猴，扛着与身体明显比例悬殊的大脑袋，步伐不稳，循声跑来。小小男孩看着自己的小黄狗躺在雪上不停哆嗦，哇地一声，号啕大哭……

九岁男孩一下子回过神，见情况不妙，扔下沾满狗血的铁钩子，撒腿就跑……

刘森在耳机里似乎仍然听见了小小男孩的哭泣声，自己的心，咯噔一下，又揪着疼起来。走在三里屯路口的斑马线上，用没有戴手套的手，偷偷将掉下的眼泪擦去。冬天，一张口，呼吸之间，就是白色哈气。而他，每逢雪天，脑中挥之不去的，却是三十年前，倒在血泊中那只不知后来是死是活的小黄狗。除了小狗的求生眼神，他更忘不了五岁男孩扑闪着大眼睛，望向狗狗，又不解地瞅瞅他，在困惑与害怕之间的黑色眼仁。眼睛里，流下难过的眼泪。

他多么希望，这只是一个噩梦。九岁的小男孩一直跑、一直跑，跑出小经厂胡同，沿着鼓楼东大街，向西，一直跑。跑到大汗淋漓，跑到摘掉不合手掌的黑色皮手套，跑到傍晚跑到夜色中呈现暗红色的鼓楼下，突然止住。赤裸的双手，拄在曲膝着的大腿上，气喘吁吁，眼角带泪。仰头，他只觉得，这个熟悉的鼓楼，此刻，就像是一只随时会飞走的神兽。他在心里虔诚地祈祷：鼓楼，请带上我一起飞吧。

爷爷很是纳闷，没有任何信仰的大家族，自一个冬天的雪后，自己的小孙子怎么那么爱往鼓楼跑。之后，他会掉头，再沿着鼓楼东大街，然后左转，走到安定门内大街，钻进方家胡同，曲里拐弯，一路向东，来到雍和宫。于是，就在诞生乾隆，也停过雍正灵柩，在清朝中后期成为全国规格最高的一座藏传佛教寺院，跪在最后一进大殿——万福阁，双手合十，面向弥勒大佛，默默地行注目礼，久跪不起。

这一"跪"，仿佛从九岁，跪到年近不惑的前两年，直至邂逅陈默。他的那双眸子，几乎与五岁小男孩如出一辙。刘森甚至有一种错觉，认为他之所以哑巴，是不是在那个雪天号啕大哭后，哭坏了嗓子，不能够再讲话。

时间，在记忆深处，可以前后流动，自由切割。但，认知不会。倘若出现时空的倒错，只能与疾病挂钩。就像滚在雪地上的铁圈儿，与随时可以摘下来将狗打死的铁钩子。在每一次面对万福阁弥勒大佛跪拜的时刻，在每一次将一捆粗壮的香，并不点燃，而将香头冲向自己时，一颗忏悔千遍万遍的心，只求佛陀能饶恕他，小黄狗能饶恕他。然后听见它的主人——那个五岁小男孩仿佛用会说话的纯净眼神说道，好了，你别再跑了，我已经饶恕你了。

失控的情绪，在喝得东倒西歪的酒精里，撒泼打滚。借着胡同的路灯光线，叼着烟，扽下裤子，摸去墙根儿撒尿，想，喝进肚里的啤酒，酒中的水，十之八九，就是这尿出去的尿吧。渗到地里，流进地下河，经过泥沙过滤，又被水泵抽上来,当成好水再喝下去。迷迷瞪瞪,他记着医生说过,正常的尿液是无菌的,比你想象得要干净得多。

涌上头顶的乙醇,开始发挥它的最大威力。在无声的泪流满面中,刘森将头埋在陆婷的双腿上。他说,帮我守住这个秘密,对谁也不许说,包括陈默。她显得有些得意,回道,当然。说完,俯下身,别在耳后的长发散下来,遮住了大半张脸。正当她将嘴唇贴过去之际,醉醺醺的他突然变得非常清醒,一把将她推开,止住悲伤,仿佛同时也止住了刚才的软弱,说,我得走了。

出门,大雪纷飞。迈上一辆停靠在酒馆外待客的快车,扬长而去。狼狈埋完单的陆婷追出来,借着酒劲儿,骂骂咧咧道,王八羔子操!刘森你丫臭傻×!

三

次日,大雪已经厚厚地覆盖了窗外的小区。他从陈默位于北五环的家醒来。慢慢睁开双眼,宿醉的滋味,令脑仁儿生疼。寂静的房间无人。他没在家。每逢休息日前夜,如果没有特别事情,每周一酒后,他基本都会跟陈默回家,方便第二天一起出门逛游。次卧,简直就成了他自己的房间。单人床上,铺着白色床单。刘森光着身子,在床沿稍坐片刻,心想，这个臭小子，跟老乡这是去哪儿野了，一晚上不着家。随手按下床头柜上的手提CD机，是NIRVANA的"Where Did You Sleep Last Night"（《你昨晚睡在哪》）。嗨，这小子，啥时候也开始听他了。不是不喜欢摇滚吗。一边想，一边穿上拖鞋，晃晃悠悠去往卫生间。坐在马桶上，傻愣愣地就一直呆坐着。右手边，暖气片上有一本正在烘烤的书。翻开被加热的书页，纸张已经烤得发皱，用鼻子轻轻一嗅，味道好闻极了。看见书名，才发现，这不是陈染散文集《与另一个自己相遇》吗。从不看书的他曾被陈默告知过，这位女作家已在文坛销声匿迹。他想，难道，被烘烤的书，会像晒经一般，被神力加持？

奇奇怪怪的念头一并涌来。坐了好一会儿，起身，这次是推开主卧房门，在未经许可下，进入陈默的房间。同样是一尘不染的白色床单，白色的枕头上落着几根黑发丝，他钻进被窝，决定再睡个回笼觉。梦中，他身在美发店，墙上的机械钟，指针刷刷转动。时间从早上七点一下子来到傍晚五点，仿佛转眼入夜。焦急之下，想，这孩子该不会被外星人劫持了吧？

突然，被北京站大钟报时的钟声猛地惊醒。现实里，刚好来到正午十二点。他想起"老地方"见的约定，赶紧冲澡出门。

华灯初上。在雪光的映照下，鼓楼发出一种暗沉的红黑色，远远望去，其实有点瘆人。傍晚五点，约定见面的时间已到。钟楼与鼓楼之间的小广场，就是俩人说好的那个"老地方"。一盏大灯突然亮起，从侧面，一道结实的光柱，带着一份重量感，照射在端庄肃穆的红色鼓楼上。此时此刻，刘森只觉眼前这幢古代报时的建筑，像极了一只沉睡的神兽，随时都有可能苏醒飞走。他突然想起那天陈默拿着iPad写给他看的一句话：好好休息其实也是人生非常重要的内容喔。

刘森左等右等。正当他狠狠吸了口烟之际，雪又下起来。看着蓝白相间的有线电车，电缆偶尔打出火花，在十字路口慢慢拐了个弯儿，不知去向。

陈默迟迟未现身。他，失踪了。

四

曾经，想去什刹海冰场玩冰车的念头总在刘森心中打转。陈默说，想玩，那就去，反正离鼓楼就隔着一条马路。除了陆婷，没人知道，他对冰雪项目，有一种从小到大的恐惧，尤其是滚铁圈儿。甚至，连小时候的老宅，分家后空荡荡的小经厂胡同，那几间连排的屋子，都曾长时间地上锁紧闭。虽然后来，长租出去，变成别人开的民宿，但每逢从鼓楼东大街经过胡同巷口，他连瞅也不瞅，反而加快脚步，唯恐避之不及。

很多时候，烦恼是能解决烦恼的。当一个新的难题出现，一份新的伤心涌出，就能战胜曾经的烦恼，或者说，心魔。

地铁二号线，有一站，就是鼓楼大街站，也是与八号线的换乘站。倘若出站，来到地面，就是旧鼓楼大街。所以曾经的礼拜一，只要他们俩来鼓楼闲逛，就只从八号线的什刹海站出。这里，才是名副其实的鼓楼东大街。

二与八，是一对很吉祥的数字。无论是二号线、八号线，还是再也回不去的二八年华。

回库的地铁二号线列车，携带着呼呼作响的大风，隔着近在咫尺的屏蔽门，与刘森擦身而过。随着渐行渐远的列车，空空荡荡，慢慢消失在黑暗隧道深处。目光落在钉在水泥墙上黄色的"停车标"，突然，心中泛起一阵酸楚……

恍惚中，他看见一个外形酷似陈默的少年，在刚才车门行将关闭前，以极快的速度闪进车厢。无人知晓，他是继续在北京这座城市的某个角落生活，寻找失联的双亲，还是如他之前的一句玩笑所言，有朝一日，倘若我的心伤透了，就回到东北老家，从此哪儿也不去，就跟奶奶相依为命。

雪越下越大，夹着鬼哭狼嚎的西北风。刘森拖着疲惫的身躯，回到团结湖的寓所，翻着陈默买给他的日历，不禁感慨，这日子，一天天的，过到最后，就是年。只是，此后经年，便再也无年了。触景生情之际，他又想起俩人相识这两年的一些画面。

人生最好的部分尚未到来，活久见！陈默在iPad写下这句话拿给他看。平板电脑的备忘录上，还保存着其他对话——

陈默：醉醺醺的，以后别再喝了。等春暖花开，咱们多出门走走。

刘森：乖乖在家，不要出去浪。

陈默：我们应该去新开通的西郊线，好好拍几张照片。趁人生中最年轻的一天，留下纪念。

刘森：去啥去。估计还没到站，早就困得不行要在车厢睡着了。

陈默：也是。你说人为啥总会困呢？不休不眠，那该有多好！

刘森：好个屁。那是机器人。不对，是人造人。也不对，是生化人。

陈默：错。都说错。应该是元宇宙。许多东西，并非需要拥有。有过经历，深深地感受过，就好。

下着雪的冬夜，让人顿生幻觉：人世间的欢乐，屈指可数。无情，最欢乐。

后来，据说刘森曾去停尸房辨认过一具尸体。也是在打听他的下落时，得知，陈默并非他的本名。

沉默，陈默。

他到底该怎么称呼，已经不重要了。

关掉了三里屯的美发沙龙，厘清了与陆婷的关系，始终不打算结婚的他，终于搬回鼓楼东大街，开了一家专卖红色吉他和唱片的店。店的旁边，是一家狗舍。

冬天的北京，大雾弥漫的北京。有人宛若好几百年的鼓楼，仍旧寂然不动。有人，早已像传说里那些消失了的上古神兽，飞走，永远不会回来。

可是我还是学不会

一、良子（男，本名：王梁，曾用名：王良）

鸽子"咕咕咕"一起叫的时候，是清晨四点四十分。

良子倏地睁开双眼，像是脑中上了发条一般，在那个对了表的瞬间，准时苏醒。此刻，叽叽喳喳的麻雀也醒来叫了。良子曾非常认真地听过它们在清晨时的啼叫，是那种"布噜噜""布噜噜"，像小时候吹水哨发出的那种清脆翻滚的声响。有时在这一片一片的叫声里，也混杂着间隔一段时长"大鸟"的叫声。这"大鸟"像是栖息在深山老林发出的啼鸣，深长而绵延，是有回声感的。当然或许发出这叫声的，根本就不是什么"大鸟"。至于是何种鸟，是大是小，是美是丑，那便不得而知了。

良子的住处四周并非植物繁茂，并非住在郊区别墅，也不是某处绿化环境优美的高档住宅，就是一处普普通通的小区，坐落在北京通州北苑。在这里，只要抬头，几乎随时能看见大飞机。它们或是刚刚腾飞不久还未平稳飞行，或是即将着陆准备打开起落架。

所以此时此刻，在鸽子"咕噜噜"的叫声中，在发出啾啾"大鸟"的啼鸣中，还有房顶上空呼啸而过飞机的轰隆声。因为是夏季，这声音也极易让人误以为是夏日里的响雷。

惊蛰那天，天公倒挺给力，"咔嚓"一声巨响，响雷劈开清晨的天际。

那是四月初，北京已经停暖。良子和雪凌裹着厚厚的羽绒服，在房间里哆哆嗦嗦地踱着步子。

但春天已经带着势不可当的力量到来。虽然树没绿，花未开，但推门出去，已经能明显嗅到湿漉漉泥土的味道。在偶有小草长出的地里，好似还能感受到蚯蚓在其中慢慢蠕动，蚂蚁们也准备倾巢出动，迎接春日。

然而，春天很快便会过去。

良子在一家商贸公司做BD（商务拓展）工作。白天，忙里忙外，神经绷得像是一支弦上待发的箭。做事雷厉风行，对待下属不苟言笑。刚刚毕业的九五后女生私下聚在一起，谈论他的那张扑克脸，没有人愿意接近他。穿衣风格，也总是以黑、蓝两色为主。夜晚下班，坐上单程两个小时的地铁，倒四条线路，在这座人流密集而繁杂的城市，跟随每一个异乡客，穿梭于地下。经常塞上耳机，调到最大音量，站在车厢尾部，大声地听歌。多半是迷幻气息浓烈的后摇，有时是电音，偶尔才听华语流行音乐，但也多半是八十、九十年代（二十世纪）港台流行歌曲。每当听到那种老式的、唱腔明显咬文嚼字歌手（尤其是女歌手）的歌，心中总会莫名其妙地一紧。

许景淳，齐豫，杨林，刘蓝溪，曾庆瑜，王利绮、陈淑桦，江蕙，陈小霞，苏慧伦，以及万芳。

"我终于懂了。"

这是良子最近在听她们歌时经常想到的一句话。

比如，陈珊妮有一张专辑叫《如果有一件事是重要的》。二〇〇九年，是在寒冷的冬天听到的。那时他刚刚经历一段感情低潮，听着那个喉音略重的女歌手的发声，电子与打碟的音效，那唱腔，尤其是曲风，感觉暗黑至极，能让身体战栗与窒息。然而，最近他却终于懂了。在时隔七年的二〇一六年，当耳机响起歌曲《无邪气》时，歌词里唱道——

情愿刻画你太善良，纯情懂事。除非伤害你太牵强，坏了坚持。

是的，终于懂了。

在北京如同蜘蛛网的地铁版图中，他最喜欢十四号线。车厢颜色是那种舒服的淡粉色。光亮刚刚好，空调冷气也冰冰凉凉的，不至于让体感不舒服。

车厢中，经常被由远及近的乞讨人的喇叭声打断。多半是咿咿呀呀的佛音，下身残疾，上半身伏在一块带有轱辘的木板上，用残缺的双肘，划着地面向前移动。

良子觉得他们既可怜又可恨。但他只是想想，也不带有任何歧视。他只是对他们表示无可奈何。这无奈不知该指向这个群体，还是指向别的什么地方。

终于可以——跳！下！车！

是的。他觉得用"跳下车"这三个字，形容两个小时无比漫长的地铁通勤，最贴切不过了。然后，步行二十分钟，回到家。

二、雪凌（女，满族，本名：刘雪凌）

她说，想在郊外拥有一处属于自己的房子。那种带院子的，不一定非得是外表富丽堂皇的别墅。租来的也好。

有一次，坐长途火车去往内蒙古旅行。

她坐在窗边发呆。看见外面盖在田野上与绿树林子中的房子，那种二层小楼的独栋别墅。跟随绿皮火车哐哐当当地晃动，突然间，开始情不自禁地掉眼泪。

她对自己说，我本是一个性格慢吞吞的家伙，但却做着那么紧张兮兮的工作，把自己弄得像是一个工作狂。

雪凌是进口食品公司中国华北区销售代表。

于是她就跟随火车的晃动，一边看着窗外的风景，一边听着钢轨与钢轨之间的撞击声，一路睡睡醒醒。有时，突然一激灵醒来，不知梦里身是客，觉得怅然若失。于是，在心里面更加对自己说：好好工作！使劲工作！再拼命干上个三五年，最多十年八载，便能实现隐居的梦想吧……

然而无论如何，你一定想象不到她三年前还没认识王梁的样子。

那时，她刚刚结束一段维系了七年之久的感情。跟男友 say goodbye（这里指分手）时，男的家暴，掐着她的脖子，边吼边叫。觉得不过瘾，用拳头直接搋向她坚挺的鼻梁。她疼得已经没有知觉，但没掉下一滴眼泪。不说疼，也不还手，让他尽情发泄怒火。

男的最后摔门而去，再也没回来。

分家那天，起初，她一个人安静地打包物品。夕阳西照，当她抬头瞥见如此美妙的紫红色晚霞与一轮根本就无法形容的红日，瞬间，崩溃大哭……

哭声，是那种撕心裂肺的号啕大哭。

她在心底一直回荡着这句话：失去了，就是失去了。失去了，就是失去了。失去了，就是失去了……

她读张爱玲，尤爱《半生缘》。此时想起曼桢哭着说：回不去了！我们回不去了！

于是，她开始不再想从前。为此，她离开生活五年的上海，只身一人，北上。最先在哈尔滨，后来去过大连，最后辗转到北京。从此，便算是定居下来。

成为工作狂，或许是她唯一能够自我疗伤的一剂良药。那时她极度抑郁，最后实在撑不住，去安定医院看心理医生。经诊断，是间歇性抑郁症，伴随双相情感障碍。大夫给她开了一种名叫"喹硫平"的药。

深夜，经常睡不着觉。辗转反侧，突然想起前男友，泪流满面。

第二天，带着一双肿胀的眼睛去上班。公司里姿色不凡的女生嘲笑她是肿眼泡的鱼眼。最初她无所谓，直到有一天，一个事儿事儿的女人又找她茬，她突然上前拽住女人的长发，拼命厮打。

事件被定性为极其恶劣的"十二楼大闹事件"，整个公司传得沸沸扬扬。无奈之下，公司人事找她彻夜谈话，给她做思想工作，最终达成了支付她违约金的离职保密协议。违约金少得可怜。当她因打掉与前男友的孩子，在ATM刷卡时才发现，有三万块钱不翼而飞。她知道，钱被他提走了。密码很好记，那是他们之间的默契。时至今日，她也没更换过银行卡密码。那是他留给她的珍贵纪念。

她可真是一个傻姑娘啊！

为了解忧，同时为了摆脱药物依赖，她开始喝酒。熟料，却开始酗酒。

"但总比溜冰（指吸毒）强吧！"她说。

有一阵，她私生活比较糜烂。来者不拒，甚至跟那些乱七八糟的男人玩双飞。回到家，在浴室洗澡，用搓澡巾，使劲搓洗自己的身体，直至血迹斑斑。

"我们都是别人玩剩下的二手货！"喝醉了哇哇大吐后，她跪在地上作啊、闹啊……

好心伸出援手搭救她的人，就是王梁。

他驱车过来，给她就近找了间快捷酒店。架着她，东倒西歪，刷卡进房，帮她脱掉鞋子，盖好被子，打开空调，将温度调至二十七摄氏度。

她次日酒醒，听着空调嗡嗡作响的声音，心中一片寂灭。披着被子，露出小脑袋瓜，静静感受着房间的一切。

确定与王梁交往，是国庆节过后靠近十一月份，俩人从上海乘坐直飞航班，去往日本看红叶。

第一站是东京。她站在东京铁塔下，用拍立得咔嚓咔嚓不停地拍照。

相片显影后，随手扔掉。

她又大哭。

也是听王梁后来说的，她是又想起他。因为日本是他们一直想去的目的地。如今人各天涯，是死是活，不得而知。

"金山银山，不如在爱人肩头相拥而泣，且度今宵。"这是她写在日记里的一句话。

有一日，突降暴雨，她站在通州北苑地铁下的天桥避雨，一把大雨伞撑过来。回头一看，是已经淋成落汤鸡的王梁。

他就一直站在雨中傻笑。

她说，傻帽儿。

他陪她喝酒。有时，去建外SOHO（建筑名称）。她说，喜欢那边繁华又疏离的味道。那么忙碌的商务工作节奏，但自己却能袖手旁观看着这道繁忙的风景。有时，是去马甸桥下的一个深夜路边摊。一对东北夫妇支起的小摊位，一干就是七年。夫妻俩脸色蜡黄，双双浓重的黑眼圈。生意最好的时间段，是凌晨一两点。滑轮滑的，文着花臂、花腿反戴着鸭舌帽的潮男潮女，下夜班的服务员……一个个在他们身边经过。

王梁开车，他不喝酒。喝得醉意上来的雪凌举着杯子，说，干杯！然后，"呵呵呵"一阵傻笑。

三、后来

我也是听一个关系要好的朋友讲，良子卖掉了他的福特轿车，给雪凌看病。

她在某天去菜市场买菜时突然晕倒。患的是血栓，因为倒地瞬间，磕在钉子上，后脑勺狠狠扎出一个小洞。

植物人的她，只能插着管子续命。

很多人劝良子放手。他偏不，似乎在等待神迹显现。

直到有一天，他在走廊嗷嗷大哭。在抽了一盒闷烟后，面无表情地回到病房，拔掉了雪凌所有的管子……

过了一会儿，生命记录仪，数据归零。

第二天，在医院住院大楼底下，发现一具夜间坠楼的男尸。血肉模糊，难以分辨死者身份。

四、再后来

后来，又听说，在异国他乡的金秋日本，在那个三岛由纪夫写成小说《金阁寺》的金阁寺，有一男一女，手牵着手，欣赏着一年当中最为美丽的红叶景色。

我是个旅人，受困于这场大雨

雨下了整整一天。

夜晚时分，三德、梁子、有庆，还有我，四个人围坐在桌前吃饺子喝冰啤酒。

我跟有庆年龄都不到二十，与那两位是忘年交。三德就要奔四张，是唐山丰润某装修公司的项目经理。他媳妇梁子，是个没有工作的家庭妇女。三德去哪，她便跟去哪。如今在靠近省道公路的一处偏僻地方，在由一片活动板房搭建的院子里打杂：忙时帮丈夫做工，戴着已经磨出窟窿或锈迹斑斑的毛线手套，矫正盖房子架在外围用的钢架管。稍微空闲时，便额外多做两三道菜。其实也都是老三样——茄子，土豆，豆角，只是变着花样吃。今天炒土豆丝，明天过油肉土豆片，后天要是炖豆角，那大后天就是茄子熬土豆。梁子不挑食，是东北人惯常的那种身板，高高壮壮，结实有力。在汗流浃背的炎夏，就光着膀子干活，脖子上随时挂着一条白毛巾擦汗。

此时，闷不吭声低头吃得格外认真的三德依旧光着上半身。白日里被晒得油光锃亮的黝黑身体，在壁灯的照射下，在阴影与高光恰到好处的映衬下，显得更加矫健有型。

饺子吃到一半，突然停电。院子里的"黑贝"们开始吠个不停。三德放下筷子，抄起扣在桌上的手电筒，打开门，去往院子。

雨，便在那时下起来。由急促的一阵雨点，瞬间变为倾盆大雨。哗哗哗的，砸在活动板房的屋顶与墙檐，声音格外清脆。

院子挺大，杂乱堆放着傍晚刚从卡车上卸下来的钢管。最远处有个砖头垒起来的墙垛，下面有几条错落有致的长木板，搭起来的空间，里面有三只刚满月的黄色花狸猫。三德去院子，倒不是担心钢管被偷，毕竟有两只大"黑贝"看着。他担心的正是那三只小猫。

"猫是怎么来的完全没有印象，像是突然变出来似的。"

梁子"说"这句话时，显得特别激动，用手比画着，变换着完全跟那些字的"发音"对不上的口型。三德翻译着她所

"说"的话。

梁子倒不是一个完全意义上的哑巴，小时候高烧不退，青霉素过敏的她没做皮试被粗心护士打了一针后就这样了。那时电视里正播放琼瑶的《哑妻》，她几乎看一集，哭一集。她是那种再普通不过的家庭妇女，从外表到内心。生活处处节俭，更没有很多女人那些叽叽歪歪的臭毛病。

最近几天，三只可爱的小猫简直就成了她的心头肉。不知是什么原因，梁子一直没有孩子。他们不提，我和有庆也不问。说起和这对夫妻的忘年交，也是蛮有缘分的。

刚认识他俩时，还是在北京三元桥附近一个小饭店租下的早点摊。夫妻俩凌晨一点多便起床，开始和面、洗菜，擀啊包啊的，做着炸油条和小笼包的营生。我跟有庆是早点铺的常客。几乎每天，早上六点钟都会准时出现在那儿。先是在隔壁买上两个肉夹馍，然后就去他们家喝碗稀的：要上两碗馄饨，两个茶叶蛋，就着腌白菜或是芥菜丝，吃完喝完后，骑上自行车上早自习去。

有庆是我的同班同学，他是从黑龙江齐齐哈尔来的转校生，我倒是从小在北京长大的胡同串子，但祖籍是莫尔道嘎的，所以对东北人不是一星半点儿的好感。用有庆的话讲"那是相当好感！老好感了！"这不，高考一结束，俩人约好，赶紧来丰润乡下痛痛快快过个暑假。

难熬的高考就是硬生生挺过去的。简直死半条命的感觉！我想经历过非人般折磨的考生们，一定深有体会，也根本不想再去回忆吧。

我们是上学上得烦，他们是工作干得烦。这个世界上就不存在没有烦恼的人。

"干了七年早点摊，实在是烦了！寻思着，等有个机会，能换就换吧！"三德从院子里回屋后，点起一根蜡烛，立在桌上，说道。我们四个，饺子该吃吃，酒该喝喝。雨，继续下着。一切照旧。

于是三德跟着一个家乡的表亲转行做起了家装生意。其实就是一个小包工头。工地上的活也接。

"挣钱嘛！总不至于跟钱过不去吧！"他倒是直接。但说出这些话时，丝毫没有因没咋上过学而显得浮夸的神色。

"哥，你要是好好剪剪头发，再去商场整两身衣服，往'北影'那一站，准保有导演找你演戏！"有庆说出这话时，操着一口东北大碴子味儿，没心没肺的感觉。

梁子放下碗筷，突然慌张地比画起手势来，咿咿呀呀的，示意有庆别再往下说。

原来，跟梁子做早点摊前，三德确实有过一段神秘的个人史。那时两人彼此也都不认识。算是在各自轨道过着不同的人生。三德在电影剧组开过一段车，就是开一辆斯考特去机场接送明星。有天一场戏的拍摄需要一个流氓角色，执行导演愁得直抽烟想辙，就在扔掉烟头，回头的瞬间，一眼瞥见因天气太热而解开上衣大半排扣子而落汗的三德。体校毕业前就练得一身好肌肉，凹凸有致的肱二、肱三头肌，厚实有型的胸肌，匀称有线条感的腿……让导演立马转悲为喜。服装、造型一阵忙活后，一个痞气十足的流氓形象立马打造完毕。

那场戏拍得当然辗转曲折。然而镜头感十足的三德，似乎天生就是一块演员胚子。慢慢地，越拍越自然，让这个完全不是科班出身，甚至连群众演员都算不上的东北小伙儿，一时半会成为那个阶段片场的风云人物。

后来三德突然就不再演戏了。离开片场很突然。据住在隔壁的场记说，半夜听到他跟副导演两人在共住的房间大声吵架。

因为三德的离开，使得拍了三分之二的电影要补拍他跟一线明星搭戏的所有镜头。因此原定在圣诞节档期上映的影片，无奈只能被迫delay（延期）到次年国庆节。投资商不悦，兼做商务植入的那个执行副导只能到处游说。

流传在剧组中的八卦消息是：执行导演，当晚要强行上了三德。作为直男，那时又格外有原则的三德怎么可能接受啊。于是就只能以离开告终。

离开不愉快的环境。离开，就能够开心了吧。

其实也并不然。生活中处处是坑。这个，你自己慢慢感受吧。

没有绝对的好人，就像没有绝对的坏人一样。

没有绝对的善，也没有绝对的恶。

离开剧组后颓了一阵子的三德认识梁子是在一个小酒馆。那时她只是一名不起眼的保洁。很明显，梁子挺喜欢他，算是暗恋那种。在一次三德喝得酩酊大醉的深夜，叫了一辆出租车把他拖回自己的住处。

后来，俩人就慢慢好上了。

然而俩人并未领证，原因不明。梁子老家在秦皇岛农村，家里吵吵嚷嚷叫她早点领证办事，说女孩子家家怎么能跟一个男人这样不明不白。梁子实在烦得不行，跟家人闹掰了，便再也没回去。母亲过世时也同样没回去。

"故乡就是回不去的地方。"她特别喜欢的一位女作家曾这样说过。

因为从小哑巴，于是阅读各式各样的小说，打发一个人跟自己相处的无聊时光。她尤爱张爱玲，知道张也一直记恨母亲，写信放狠话：我不会原谅你！永远也不会原谅你！

不知道是否中毒太深，或是本身就跟母亲有过节，她跟三德形容过自己跟母亲的微妙关系：我和她像是那种关系不好的两个女同学。

都是被生活所迫，两个无可奈何的人抱团取暖吧。

雨还在继续下着。越下越大。我盯着桌上的招摇烛火，一时半会竟怔怔走神儿。

时间不早了。洗洗涮涮后，大家上床就寝。

有庆睡在最里面，然后是我、梁子，以及三德。

熄灯已经有一段时间了。我假装闭上眼，听着这如同筛豆子般的大雨砸向屋顶发出的噼里啪啦的声响。不一会儿，又偷偷半眯着眼，偷窥四仰八叉平躺着的三德那高高隆起的结实胸脯。

于是，在半夜隔三差五经过的货运大卡车一晃而过的车灯下、在隔着薄薄窗帘打进房间的余光下，我盯着这副黑得发亮的酮体，脸颊竟然开始出现不知所以地发烫，下半身那个私处，竟也开始有了异样的反应。

这雨下得——让我开始有些懵。好似一个旅人，大考后，原本是想换个地方找回久违的自由，熟料却在异乡，受困于这场大雨。

烦恼会解决烦恼

　　徐明明的婚姻不怎么幸福。整个人都笼罩在一片阴霾之中，像是四月刚刚停掉暖气的北方，房间里阴冷潮湿。这股冰冷，最近几天，无时不吹进心窝，虽然此时此刻，已经是酷暑难耐的仲夏。

　　今天是礼拜六，对于她来说，是格外忙碌的一天。作为家政服务员，每逢佳节真是累得够呛。这一天，她早早起床，给从小养活的一只麻雀抓了一把小米，喂食完毕后，便拧开水龙头，扑了几把冷水在脸上。她不怎么用化妆品，脸上的黄褐斑这阵子明显又重了。头发毛糙糙的，像农村秋天高粱地里的秸秆一样枯萎干瘪。其实这倒不要紧，反而是对于女人来说最重要的胸部，平坦得如康庄大道，着实令人惋惜不已。

　　双乳切除术还是两年前的事，还好乳腺癌发现得早。如今生活、工作都已无大碍。

自打术后，她像完全变了一个人。不作也不闹了。或者说，不再像以前总想不开爱钻牛角尖了。

老公王全喜，是小城出了名的地痞流氓。在丹东当了五年志愿兵，转业回来后在动物园看动物。事业单位的编制，总算有了一份稳定工作：在狮虎山看老虎狮子。许是整天面对这些笼中猛兽，他的脾气变得越来越暴躁。

二十四岁，他和徐明明结了婚。俩人姐弟恋，大三岁还是五岁具体我记不太清。

起初还能好好上班，后来就憋不住了，露出懒散的臭毛病来：从迟到早退，到隔三差五不来，再到不跟领导请假索性半个月、一个月不见人影。徐明明问与老公同班次的同事，对方支支吾吾，保准是王全喜威胁他们不让透漏行踪。

徐明明以为大不了也就是到哪个麻将馆去赌了，于是也便没太放在心上。

"去就去吧！我还能咋着。"她跟我说完这句话也是一脸无奈。婚前两颗闪烁大眼睛里黝黑发亮的眼仁，如今早已暗淡无光。浑浊的眼白，不知独自在夜里抹了多少眼泪。当初可是信誓旦旦，非王全喜不嫁。要知道在那个年代，在这样一个闭塞的北方小城，姐弟恋，那可是一个相当具有争议的劲爆话题。

"那又咋了？！蛇鼠还能一窝呢！"同样只念到高中就肄业的徐明明这样反驳众亲友对于这段婚姻的阻拦。这女人还真是轴，就是认准王全喜了，换作别人死活坐地不嫁。她妈问她那小子到底好在哪儿？她说："哪里好说不上，就是想跟他过！必须跟他！一定得跟他！"

其实大家都知道，从小就喜欢被人罩着的徐明明，对小痞子那类型的男生简直就是欲罢不能。

在我出差她没人陪伴而极度难受的时候，就去往小城最为繁华的十字路口张望。

她说："庆，你知道吗？那种说不出来的难受，好像只能到那边用来来往往的车辆行人把烦恼给捎走。"我点点头，表示懂。

可我哪里会懂啊！分明就是在敷衍她。说实话，整天看她那样病病歪歪，我也是够了。她就不能看开点吗？！难道一个女人的开心和不开心就得由一个男人来操控吗？这活得也太憋屈了吧！但我依旧装出一副安慰她的样子，言行中，都是演出来的那种虚情假意的劝慰。没办法，我是真的没办法。女人叽叽歪歪起来，其实连女人都是嫌弃的。

"女人简直就是这个世界的败笔！"

王全喜说出这句话时，也是把全场人给惊住了。作为典型的大男子主义，没啥文化的他能说出这样有水平的话，也是神仙附体的几率。

他瞧不起女人。女人在他眼中，就是玩物。

可……玩！物！丧！志！

徐明明婚后一直不孕，这让她本就逐渐抑郁的心情雪上加霜。她装作若无其事，仿佛什么也没发生的样子：不孕这回事没有发生，心情变恶劣也没有发生，王全喜开始不爱回家当然更没有发生过。

那时，她还在一个生产卫浴的小厂子零售门市部做出纳，用上面是一串珠子的单排算盘算账。白天，是她一天中最为正常的段落。其实工作并不忙，但她总会做出很忙碌的样子，用左手手指拨着珠子噼里啪啦来回地算，右手握住圆珠笔芯记下数字。门市倒挺安静，几乎没什么前来买货的顾客。同事也不主动跟她说话。那种安静——生着炉子，冬天阳光从窗外斜斜照进来，在地面打成一道倾斜的光影，抖动的尘埃在那道光束里做着不规则运动的安静——每日的千篇一律，这一切百无聊赖的上班时间却成为徐明明感受自己真实存在的一种美好。

她跟我说过饿的感受。我问，是哪种饿？她说，当然就是饥饿的饿啊。脑回路反射弧慢好几拍的她，后来才反应过来，我所问的饿，其实另有所指。

"就像有一只大手在掏你。"她这样跟我解释饥饿的感觉。

我说："推荐你还是看一下虹影写的《饥饿的女儿》吧。"

她问："写的什么？"

我回："饥饿啊！"

她"哦"了一声。

我很少去她家。正如前面提到的，有时很烦她。我只是装出一副很耐心的样子。怎么说呢，她是那种挺有心机的女人。请相信我，女人的直觉都是很准的。即便她不像别的心机婊，靠言语和姿态，在明面上表现出来，从而一眼就招人烦，但，她是属于那种悄无声息慢慢释放型的。她一点也不柔弱。她很强势，不然不会那么义无反顾非王全喜不嫁。

"自作自受！"

当我在心里说出这四个字时，其实连自己都觉得挺可怕。我怎么能这样指责闺密呢！这可不好，真的不好。背地里揭人短处，说三道四，不是嫉妒，就是太过阴暗。于是，连说三声"呸！呸！呸！"。

"不要诅咒别人，即便那是你的敌人。更不要说出一些诅咒性质的话。烦，是很正常的。我们不可能让每个人都成为自己喜欢的那种性格的人。你连自己都做不好，还去要求别人，不觉得是双重标准吗？"

老邢说完上面那些话，没几天就去世了。她是我妈。

发丧那天，有徐明明陪着。我问："你不回家，那全喜怎么办？"

她回："咳！他啊，挺大一老爷们，我不在家，饿不死呀！"说完，脸上难掩幸福甜蜜的表情。

他们结婚刚半年，新婚宴尔的热乎劲还没过去。两人从认识到结婚，也就十个月。

那时徐明明还很瘦，相貌和精气神儿，跟今日比简直是天壤之别。

一天，她陪门市部销售同事上门推销卫浴产品，其中去了一家刚开业不久的洗浴中心。就当她能言会道地跟老板描述自家产品是如何好的关键几句时，戛然而止。

一个裸着身体大部分（除了用浴巾裹住私处），文着花臂花腿，前胸后背都是文身的小爷们，歪叼着一根烟，吊儿郎当地从远处晃过来。

正好逆光，徐明明看得眼睛生疼，但依旧瞪大眼珠盯个不停。

"怎么着！看上爷了？！"那痞子问。

"放你妈屁！"徐明明想也没想，张嘴就回他道。

"呦！还挺有种。"男的说。

她让同事先回家，找借口说还要在这儿帮他与老板谈合作。同事纳闷，问道："不是男女搭配干活不累吗？按理说应该是我留下来跟老板娘谈才是啊？"

徐明明说："废什么话！让你回你就回！"

后面的事，即便我不提，想必你也能猜个大概了吧。

据一直等在洗浴中心大门外的同事回忆：去时还盘着发髻的徐明明，出门时已是披头散发。漆黑的长发，湿漉漉，打成一缕一缕的。很明显，她是刚洗过澡，还没来得及吹干就下了楼。

那时，她已经有了一个家里介绍的已开始交往的男友，对方是事业单位一个做宣传工作的科员。在小城，能拥有一份稳定工作，又是事业编，不知令多少人羡慕呢。心性不稳的徐明明哪能受得了这个索然无味的男人。就在双卡录音机还没成为家庭的普及电器时，她便拥有了一台。磁带里是那首响彻一整个夏天的《粉红色的回忆》："夏天夏天悄悄过去留下小秘密，压心底压心底就不告诉你。"

徐明明的秘密最终还是被那个枯燥乏味的小男友揭穿。他问:"我就是想问你,我们还有没有继续下去的可能?"她意识到似乎他知道些了什么,但不确定知道了多少,又知道到何种程度,于是缄口不言。

"我他妈问你呢!你倒是给我说啊!你他妈的哑巴了啊!……"小男友声嘶力竭地吼叫,情绪失控,上前抓住她的双肩摇个不停。

"分手吧。"

徐明明云淡风轻,说出那三个字,没有带任何感情色彩。

男的一下子愣了,杵在那,像根木头桩子似的。

静止片刻,只剩下墙上的钟表嘀嗒嘀嗒,空气中飘着凝重的颗粒。

"别、别介。是我哪里做得不好?我改!"

男的瞬间失去强硬态度,原本有理的事,竟把自己整被动了。

"我们不合适。难道你不清楚吗?"

徐明明依旧不动怒,异常平静地说道。

素日枯燥乏味的男友,突然之间,变成一只如同发了疯的野狗,大声咆哮道:"休想!分个屁!就他妈不分!我让你分!让你分!"

一边吼，一边揪住徐明明的长头发，狠劲挥了一拳……

起先，徐明明并未还手。后来不知从哪儿上来一股劲，照着男的裆部，就是一脚……

手，当然是分了。

男的不死心，在门市部堵过她几回。想必最后也是觉得自己无聊吧，慢慢地，就也不了了之。

之后，徐明明就跟王全喜好上了。

算是那种女追男。用她自己的原话讲：啥倒追不倒追的，只要能成为全子的女人，干啥都行。

好家伙，她倒是放低自己，已经完全没了自己。

当然，徐明明可不傻。她追全子，那可是奔结婚去的。

婚，终究还是结了。把老邢气得半死。是该说不该说的也说了，该动不该动的气也都动了。没辙，谁让她就这么一个宝贝丫头呢！

老邢是旧式女人。四十二岁才有了徐明明，名副其实的高龄产妇。如今岁数大了，以过来人的眼光看待感情和婚姻，自然是打着时代的烙印。当然，不可避免地带有根深蒂固的偏见。

"不听老人言，吃亏在眼前！"这句老掉牙的话，当时徐明明听她磨叨得耳朵都要起茧子了。但最后还不是真的吃了亏，应验了老邢最后实在气得不行、丢给她的那句其实说者无心的话："就等着那死犊子外面有了别的女人，你回来想找我哭，到时都找不着！"

可不咋的，还没等办妥离婚手续，徐明明仍然单方面执着于死去活来的恩恩怨怨之际，老邢就去世了。

真是喊天天不应！叫地地不灵！

…………

于是，我对着两个警官做完上面这一长串笔录，打在我脸上的审讯灯也终于调暗了。我戴着手铐，困得无精打采。打着哈欠，慢慢挪着步子，被一名佩戴枪支的警员，看护着，送回监狱房间。

是。我就是破坏徐明明和王全喜婚姻的那个"坏"女人！那个让王全喜不着家的罪魁祸首。

谁让徐明明整天叽叽歪歪的！谁让王全喜长得那么帅！

自己得不到，那就干脆毁掉！

想想……我，也是醉了。

当年轰动小城一时的特大杀人碎尸案，终于随着我的自首而结案。

天底下，男人都是一个样！

他们，都是小孩儿，需要我们这些"妈妈"哄着。

似乎，也只有我，对明明，是真心真意的爱！

铮铮和唐唐的两扇门

一

这一天，铮铮独自度过自己三十二岁的生日。

精神病院安静得令人瘆得慌，像是刚刚发生过一场大灾难，在重创后变成了一座死寂的废墟。在混乱、遍地狼藉下，散发出一股浓浓的阴郁之气。倘若往常，这里本应充斥着几乎永无休止的争吵与喜怒无常。只有在最深的夜里，那些疯癫了一整天的病人，一针下去或是几颗药丸，才能让他们暂时入睡。之后这份难得的平静，随时又会在不知不觉中，被突如其来的哭声、笑声与闹声瞬间撕破。

被诊断出躁狂与癔症的铮铮，已经被唐唐送在这里治疗两个月了。

她恨他。当冷若冰霜的医生关上房门的刹那,她的眼神布满杀气。唐唐透过门上的小窗,看见她复杂的情绪——无助与恐惧包裹下的愤恨。

我不会原谅你!到死也不会!!!

一星期后,唐唐用颤抖的双手捧着铮铮写给他的信,除了这一句话,便什么也没写。信上四个触目惊心的感叹号,看得他难受极了。

他盯着这十一个字,想起大学读书那会儿,某一天刚刚上完现当代文学史课,她用娇滴滴的语气道:"张爱玲啊,这个女人可忒狠心!自己的亲妈都快死了,也不肯原谅。还丢下一句什么狠话——'我不原谅你'!是这句话吧,没错吧?"之后她又略作迟疑,收回之前的不屑,又道:"我想以我自己的性格,说不定也不会原谅她。不知道……谁知道呢……说不好……"

铮铮是个敢爱敢恨的怪女生。

有一次,她在旧书摊淘到一本书,扉页上写着:零点的鬼,走路十分小心。他害怕摔跟头,变成了人。

这本书,是顾城的小说《英儿》。旧书的主人在保存完好的正文内页,用钢笔密密麻麻地划线。她一边翻着白眼,一边用鄙夷的口气说:"全书都划线啊!划你妹啊!"

与此同时，铮铮被书中顾城亲手所画的插图深深吸引。那是一些歪歪扭扭的线条勾勒出来的涂鸦，乱中又齐整有序。她有一种似曾相识的感觉。是的，她觉得那可能就是叫作心灵相契的东西。顾城仿佛代替了根本就没有任何绘画天赋的她的手，分分秒秒，描绘出了心中那份无可言说的惴惴不安。像是冬天晴朗的黑夜，有一个站在高山之巅架着相机长时间对着天空曝光的观星者，独自捕捉不可名状的星辰之美。

我不会原谅你！到死也不会！！！

就在视线越发模糊后，唐唐把信折好。

二

人生无别事，除了生死两个大端，一切都是虚幻泡影。

唐唐将目光转移到婴儿床里的孩子身上，小家伙儿睡得正香。在极度安静的房间里，有这样一个小生命，像是栽种在田间地头的小树。此时此刻，婴儿被一个男人无言的爱注视，如同照耀的阳光。忽然间，唐唐觉得自己是天底下最幸福的人。可能一个生命的降临，冲淡了他心里的苦闷吧。

唐唐想，有人养宠物，小猫小狗什么的，以此来抵抗或治愈心里的伤痛。而养一个孩子，却像在弥补自己心头的缺憾。这是一种单向流动的爱。人的情感就是这样捉摸不透。有人想得到爱，有人却只想借助一个东西将自己的爱投射，以此抚慰自己。

女婴是铮铮在精神病院生下的。唐唐经过多方奔走，才把孩子收在自己名下。也正是因为性侵，铮铮在高度神经紧张与精神抑郁下，最终崩溃，被强行送进精神病医院。

其实这个世界上根本就没有感同身受这回事。你能体会到疯吗？肯定是不能够吧。自从铮铮疯了后，每次听到别人用疯子或是精神病人这几个字开玩笑，唐唐就按捺不住心中的怒火。

如今孩子被他收养，他发誓，要做一个百分之百称职的父亲，呵护她长大。他甚至开始计划，等她能张嘴说话，就对着她背古诗。他要向这个小家伙念诵他喜欢的《红楼梦》，也要让她背会 "陋室空堂，当年笏满床……说什么脂正浓粉正香，如何两鬓又成霜……金满箱银满箱，转眼乞丐人皆谤……"。但马上，他就否定了这一切，想，只要能让孩子快快乐乐地长大，怎么都行。

三

为了让铮铮恢复到常人的精神状态，唐唐几乎试遍了所有医学甚至是民间的各种方法。

不知是从哪儿听来的，说每天对着病人诵《楞严经》八十一遍，就能慢慢缓解癫狂。至于为什么要念八十一遍而不是其他别的什么次数，就不得知了。"九九归一嘛！"法师不见踪影，托助理代话。又说，也可以诵《百字明》，甚至直接念最简单而法力无限的《六字箴言》。

在铮铮发疯的那段难熬的日子，他终于明白并加深理解了一些词的含义：心乱如麻，举目无亲，病急乱投医……甚至是那些再朴素平常的：无奈，渴望，期盼，奇迹……

度秒如年。有时候，一秒钟就是一个阶段。那是一扇喜怒无常的门。其中门的一端，是变幻莫测的世界。

如果对于生命的逝去，怀念故人，可以称之为"隔岸"。那么对于精神系统的崩溃，完全的混乱不堪，已经不能够再正常对话的铮铮，又将冠以怎样的形容呢？

四

唐唐用大把时间自己照看孩子，越带越熟练。各种工序：换尿布（他坚持给小宝贝用布尿裤），按调配比例兑好奶粉，哄宝宝入睡，哭闹了用玩具逗她开心，一有空就对着她不停地讲话。

他想，小家伙儿得等到什么时候才能说话呢？婴儿咿咿呀呀发出声音，带着从身体中自然散发出来的奶香味。

寒冷冬日，两扇门。其中一扇不知何时露出真正喜悦。而城市里，不知有多少亮着一盏又一盏灯的房间，里面，又有着怎样一个个不为人知的故事。

那一颗又一颗破碎却保有希望的心啊，请让每一个活着的人，都有勇气，满心期望地好好活下去。

别怕，你还拥有阳光照耀的夏日

我叫项轲。我在夏威夷。

男孩推开酒店旋转门，我窝在大堂皮质的沙发里，盯着它转个不停，直至慢慢停下。

圣诞节刚刚过去两天，shopping mall（购物中心）写有"50% sale（出售）"的小旗子广告还在继续悬挂。十二月底的檀香山，汇聚了前来度假的北半球亚洲游客。从商场循环播放的广播就能略知一二，日本人、韩国人和中国人占据多数。我作为紧挨着威基基海滩的最大购物中心里一个不起眼的导购，从"海走"（北京海淀走读大学）毕业后来到这里，已经整整两年半了。

时光拉回到两年半前。我是七月毕业的，答辩之后六月的一整个月，吃吃喝喝，各种规模的散伙饭：有两三人闺密间悄悄话性质的，有六七人到十人不等中小型的，更有二三十号人的大型狂欢"爬梯"。

说狂欢真是一点也不为过。第一爬先是吃火锅，喝得晕晕乎乎，之后包下一个KTV大包，再要上啤酒、爆米花和薯片，一边喝一边嚎。从《时间煮雨》唱到《青春纪念册》，再从《眉飞色舞》手舞足蹈到《最炫民族风》。唱啊，跳啊，扭啊，整个一群神经病！

疯疯癫癫不止于此。在填写各种毕业表格时间本就紧张的情况下，还煞有其事组织起"红毯秀"。平常文静的女生穿起婚纱，被男生起哄喊着"女神"一个个登场。素日里文静秀气的男生也扮起反串。还甭说，抹上BB霜，画上眼影描上眉毛涂上口红，假发箍一戴，穿上束腰长裙，胸前塞上两团家伙事儿，红色高跟鞋一蹬，还真是秒变气场庞大的"女王"，简直难以分辨出雌雄呢。

小易便是这"女王"中的翘楚。那气场，说妩媚也好，性感也罢，只要一番装扮，什么女生里的仙女、女神，一个个都给比下去。他自然也是开心，被簇拥着登场，几个好兄弟扮作娱记，端着有模有样的单反，对着台上一阵咔嚓，真是闪瞎眼。

我跟小易一点也不熟。我平时只是一个再普通不过的女生：微胖，学生头，脸上还有一些包，是那种在人群中完全会被忽略成空气的路人甲。小易就不同了：高高的个子，虽然没敢问过他身高，但怎么也得有一米八五以上吧。小腿修长笔直，春秋季节穿上牛仔裤，配上Vans（范斯）经典黑色板鞋，远近怎么看，都是一个字——帅！

眼下炎夏，穿一件过膝黑短裤，上身套一件镶有三颗黑色五星的黑色纯棉T恤，脚上依旧是一双黑色板鞋，再背一个镶嵌铆钉的黑色双肩包。这身从头到脚的"黑衣人"行头，简直是帅死了。

"红毯秀"的牵头人是特别爱张罗的学生会副主席、文艺部长张庭。这丫头一副假小子性格，完全没有文艺委员那种大家习以为常的印象：长发飘飘，婀娜身材，说话声音好听且能言善道。你看她啥样：人来疯，公鸭嗓，膀大腰圆。可能我形容得稍微有些夸张，但这种女生的样子，想必你也能想象出来个大概吧。

张庭到哪都能成为话题，但我知道这都是一种假象，还不是因为大家怕她。反正我对人与人之间的关系是持怀疑态度的。就连夫妻，也会有同床异梦的时候吧。孟澜说我太过悲观，万事都爱往坏处想。

我没朋友，但经常写信给所谓的"知心姐姐"孟澜。

孟澜姐姐很神秘。在微博、微信公众号从不发自己的照片。她的长相至今成谜。甚至一度有网友怀疑根本就不存在她这个人，账号由推手打造，是团队苦心经营的一个虚拟IP人设。完了！我本来就对人不怎么信任，网上说孟澜也是假的，你说这个世界还有什么是值得信赖的呐！

但信，我还是照写不误。其实也不是真正的书信啦，就是发发微博私信，或者在她的微信公众号留言。我对她的好感，始于我的问题被采纳、回复。现在想想，一定是在现实中没人搭理我，太——寂——寞所导致的心理依赖吧。

管他呢！反正在心里，甚至在现实中，我的好朋友就只有一个，那就是孟澜姐姐。

"黑暗让人有一种疗伤的力量。这种暗物质神奇而不可捉摸。它实实在在存在，无论你相信与否，它一定会通过某个光点，发射出来。"

写完上面那几句私信并发送完毕，我按下关机键。由北京飞往檀香山的国际航班开始滑行。

交代完上面那些来龙去脉，以及一整个疯癫的六月，我的过去，你也大概略知一二了吧。

据说，全世界就分为九种人。胆汁质，多血质，黏液质，抑郁质……其他类型我记不清了。我懒得百度。百度让一切都太过直截了当。没有经过一番探寻而轻易获取的答案，对于我这个好奇心满满的人来说，没有什么意思！

因为在现实中实在没什么意思，工作没有着落，加之一直闷闷不乐，我决定出国。

以最快的速度托人办好出国手续。爸妈离婚后，我跟着我妈过。爸爸的那位新夫人，是央企的一个大头头，对于操作现任丈夫原生女儿的出国手续根本就不算事儿。平生第一次，我背着我妈，跟我爸和他的那个女人有了一次交集。我妈生性大条，就跟张庭差不多。倒是我这个大头，臃肿身体里藏匿着一颗轻盈的少女心。然而一胖毁所有。胖除了不能穿好看的衣服外，更没有资格装一装忧郁的公主气质，搏一搏帅哥的同情与关注。

我是真心想当娇滴滴的公主啊好不好！只可怜我这丫鬟命啊。

于是乘坐东航的飞机，先从北京飞往上海，再经过十三个多小时的长途飞行，抵达夏威夷火奴鲁鲁机场。

火奴鲁鲁就是檀香山。

最初注意"火奴鲁鲁"这个地名，还是在早已停刊不知猴年马月的一本杂志《明日风尚》附带的别册。册子是张爱玲专题。那年她的遗作《小团圆》出版。你说这个晚景凄凉的

"怪"老太太，一直不想将那本手稿出版，却被她的遗产继承人私自做主给出版面世了。张老太太九泉之下会不会心情不快呢？

"雨声潺潺，像住在溪边，宁愿天天下雨，以为你是因为下雨不来。"

不知是不是带有夙愿，当飞机降落檀香山国际机场，并非雨季的火奴鲁鲁却正在落雨。

我想这是她（或许还有张爱玲）欢迎我的方式。

雨在次日停歇。后面的几天，都是艳阳高照。我无所事事地走走停停，游游荡荡。没有做任何旅行攻略，不拿LP（《孤独星球》旅行指南），所到之处，全凭心情。是，我终于自由了！久违的独处，让我浑身上下顿感自在。

住在并不大的市中心，步行不多远，就能到达海滩。在或长或短的路上，隔三差五，总能遇见装有机械杆儿义肢的成年人。他们像常人一样走路，在大家眼神里也丝毫看不到惊讶与歧视。一切都是自自然然的和谐。倒是我这个从北半球来的异乡客，内心被眼前所见震撼！准确说，应该是某种油然而生的幸福感受。夏威夷是美军疗养胜地，因此遇见安装义肢但继续正常行走的老兵，便也不足为奇。慢慢地，当清晨第一缕阳光将还在安睡的火奴鲁鲁唤醒，浪漫的海滨之城又开始新一天的活力四射，我竟在这一份份持续的感动中，适应并释然。尤其是在去往海边晨跑或是买下一杯咖啡握在手里边走边品的那个悠然当下，内心升腾的惬意满怀与弥漫的幸福感，久久挥之不去。快乐逐渐充盈在心里，也常常因坐在海边发呆，望着海水出神的同时，莫名其妙地被自己感动。

"一线相连，近在咫尺。"

写给孟澜姐姐的微博私信继续。很多时候都是想到什么写什么，权当是在火奴鲁鲁的心情呓语。

"是呢，我可想哭了。当站在十字路口等待绿灯亮起之时，听到齐秦《缺口》的刹那，心里突然一紧。怎么说呢，就是觉得歌还是老的好听。倒不是说现在的流行音乐不好，毕竟我也是听电子的嘛，当初在'海走'读书时还经常听慢摇……但，突然觉得过去歌曲的那种编曲、那些歌手的唱腔、简简单单的旋律，真是一下子可以带人瞬间回到过去。所以，我是不是老了？"

有时我也会写一些很重的话题。心情特别糟糕时，不可避免地，就总会想起"死"这个字眼。有一封信，内容如下。

"如果我在'现实'中真是一个快乐的人，就不会给你写信的吧。就像那些选择主动离世的人，一定是在现实待腻了吧……嗯，一定是酱（这样的笔误）！"

孟澜看到这样的私信，几乎都是秒回。我想她一定是怕我做傻事。呵呵。但我好奇的是，难道她不睡觉吗？毕竟两地的时差有十八个小时。

有时我也会跟她絮叨一些家族里的小事与恩恩怨怨。我跟她说过一直有想写一部家族史小说的愿望，像《大宅门》那样厚重一点的小说。实际上我也已经动笔在写了，只是太累心，还偶尔把写好的段落发给她看。

封妻荫子的，我们都受过她的恩惠。小到家常便饭的招待，大到借钱时，动辄十几二十几万的阔绰，也几乎从不犹豫。广交天下各路朋友，女中豪杰式的仗义性格，让她在帮助别人的同时，收获了相应甚至额外的回报。看来，与人为善，真是与己为善！

然而多半时候，我都是在跟她抱怨我那失控的情绪。

"最近我越发觉得自己神经质了！估计跟大姨妈来了有关。越来越感觉自己变成了先前最为讨厌的那种人——势力，阿谀奉承，人前背后各有一副嘴脸。你说，这可咋办啊？"

"凉拌呗！"

当孟澜打出这三个字外加一个感叹号时，我简直诧异得笑晕。

"这是她吗？怎么不长篇大论了？也开始走简约风和亲民路线了？"我在心里嘀咕。"不，她不是一直挺亲民的嘛，只是太接地气，让人一时半会儿难以适应吧。"

但无论如何，我在阳光充沛的这座异国城市，精力逐渐得到恢复。要知道，在毕业狂欢的六月，在北京，虽然那是一片狂欢的海洋，但那快乐并不属于我。在我从小到大的人生，多半都只是一个旁观者而已。准确说，我可能是一个在青春成长中迷失的病人。

有一次我跟孟澜讲起在"海走"上课时每天要搭乘地铁，一来一回就是四个小时，深感就要坐疯，忍不住想要跳车的一连串心情。

"换乘地铁时，每个人都握着一部手机，低头，用比上班和做爱还沉浸的表情，盯着那一小块儿屏幕，看剧，读小说。大家迈着碎步，慢慢腾腾地挪动。我着急，真想一使劲把他们推倒。是，全部都给推倒。就想，让你们看！让你们刷屏！都他妈的给我滚蛋！

"后来，我才逐渐意识到自己可能是有点躁郁症了。上豆瓣，加入各种相关情绪管理的小组，在'双相情感障碍'的小组好像找到了答案：开心时开心得不得了，觉得自己就是超人就是神。沮丧时，连个屁也不想放。据说能量都是守恒的。夏天亢奋，等冬天一到，就都得统统还回来。于是我想，我不能这样坐等冬季来临，等着被英国前首相丘吉尔比作'黑狗'的那个叫作抑郁症的可怕猛兽将我吞噬。我得想想办法……这个世界，每当出现各种各样的问题，无论是身体的还是心理的，解决的办法一定比问题多就是了。我先是尝试去晒'美黑'。日本人经常晒这玩意儿。躺在仓里，借由几根'灯管'，让光使身体里快乐的因子增强。直到有一天，我觉得我干吗非要依赖于那几根'灯管'啊！我去向太阳她老人家求助不行吗？！于是，我开始有条不紊地密谋我的出国计划。是，出国，移民，成为当时心底最深的呐喊。"

算是变相跟孟澜和盘托出自己出国的真实原因：因为抑郁症，准确说是双相情感障碍。

开始注意到一个瘦高的男生抱着一个蓝色冲浪板准时出现在沙滩，也是开始在商场做导购上了一周班后调休的日子。

从来檀香山伊始，便一直住在一家叫Eric（埃里克）的小酒店。酒店大堂扑鼻的淡淡柠檬香气令人神清气爽。N年前参加过胡因梦的一场新书发布会。签售时给她写过一张小纸条，问她如何摆脱焦虑困扰。等发布会结束书迷渐渐散场，她竟主动朝我走过来，将那张纸条夹在签给我的新书中。回到家打开字条，其中有一句话写道：每天清晨多喝柠檬水。

哈。也是从那时起，爱上柠檬，爱上喝柠檬水。

那日，我窝在沙发里，见一个高挑男生背着黑色双肩包，夹着一副蓝色冲浪板在酒店前台办理入住。单从外型看，与小易有七八成像。

也是从那天开始，我便有事没事坐在酒店大厅，守株待兔，就等他进出。倘若他出门，便尾随其后。

去往的地方从来就没有变过，威基基海滩一处游人稀少的沙滩。我拿着双筒望远镜，观察他在躺椅处将白T恤脱掉，甩掉夹脚拖，腋下夹着蓝色冲浪板，赤足走向海边。背影变小模糊时，便拉伸镜头与调节焦距，继续偷窥。只见他急促地放下板子，做了组热身动作，然后一阵小跑，嗖的一下，冲向大海……

大海，大海，还是大海。

下午两点多的海面其实显得挺恐怖。太阳正毒，阳光跳在波光粼粼的洋面上，晃得人眼睛生疼。我塞上耳机，只听歌，然后一直盯着他上岸，下水。下水，再上岸。

我也真是醉了。没有办法，谁让本姑娘是花痴呢！既然小易追不到，在异国他乡的海滩，看看养眼的帅哥还不行吗？！呵呵。

久而久之，我慢慢将曾经偷拍的小易照片遗忘在日记本中。最后，索性连日记本都不知道塞到哪儿了。

在"海走"念书时，课业负担一点都不重。有事没事就爱往暗房里钻。在那个白色的有太阳的世界，挎着沉重的单反相机，兜着长枪大炮的镜头，在不会被人发现的暗处，偷拍小易。

回到那个黑色的没有太阳的暗房，在刺鼻的显影药水中，冲洗小易的一张张照片。

行走，吃饭，打球，白衬衫，修身牛仔裤，黑球鞋，好看的手指，长长跟腱上方瘦长的小腿，黑色双肩包外的背影，刮风天飞舞的头发……

往事总会随风而逝。小易逐渐淡忘，新的男孩就在眼前不远处冲浪。

如今细细想来，当年所有的事都在六月紧锣密鼓地发生：毕业典礼，狂欢，开心或者失落，感觉有劲儿或是没劲儿。心情如波涛，一阵好一阵坏，也是够了。虽然不知道未来如何，但感觉总会朝好的方向发展。于是便也不跟生活死磕，准确说不跟自己较劲儿。一切顺其自然，等待命运的船舵，将我引向人生的正轨。

瞧我说的，感觉先前的生活一直糜烂不堪似的。但也确实不怎么明朗。不知你是否与我一样，在青春岁月，那个最危险的阶段，感受过莫名其妙的心潮澎湃，好像被什么东西牵绊，或明或暗。要么死去活来，但对外界只字不提，装作若无其事的样子，上学、放学，放学、再上学。

但你一定不会知道，真正险恶的人生，其实还没有真正开始。青春的彷徨又算得了什么。

孟澜执意要与我见面。她的这个决定吓得我猝不及防扔掉了正在吃的吐司片。我迟迟没有回复这条私信。

一下子，要从网友关系变成实际中的"朋友"，竟然觉得好紧张！除了高高在上的女神即将从神坛打落在凡尘，我不禁问自己：我和她，真的很熟吗？

孟澜说，她会给我一个惊喜。当透过屏幕看完这句话，我就不断猜测这份惊喜会是什么——她会是一个长得特别漂亮的女人吗？要么干脆就是一位知名女明星？

"我们既然透过屏幕与网线滔滔不绝地说话，那一定是前世种下的善缘。"这是她上飞机前发出的最后一条微博私信。

我问："到时如何在机场相认？"

她回："我认识你的。"

什么？她竟然认识我！

她说："到时你只要注意一个黄色万向轮的中号旅行箱上

贴有你最爱女歌手涂鸦的大白猫贴纸就行了。"还补充道："我会贴好几张的。"

飞机落地，我躲在星巴克咖啡座的角落，注视着到达口的旅客，并格外搜寻一只贴有大白猫的黄色旅行箱。然而，眼前的一幕让我彻底惊呆了——

小易！那不是小易嘛！

只见他推着一个黄色行李箱，东张西望地走出来。

于是我想也没想，调转过头，瞬间把一大杯摩卡星冰乐用吸管迅速吸净。然后抓起背包，来不及擦净嘴角的奶油沫，混进人群，湮没于熙来攘往的机场人海……

孟澜曾经在一封私信回我。那时我正经历挣扎难熬的六七月毕业季，被抑郁症深深吞噬。"她"说："往事于此刻即便有缺口，但你总归拥有阳光照耀的夏日。所以，别怕！终年生活在阳光充沛地方的人，比如夏威夷，就应该没有忧郁这回事吧。"

可以说，来到夏威夷，跟"她"的那些话不无关系。如今，我只想莞尔一笑。

嗯，有开始，就有结束。结束后，才能重新来过。更何况，哪里有过什么开始呢。

我想，我还是好好过自己的人生吧。人生苦短，不该沉浸在自造的悲伤中。

此刻，阳光照耀。外面天气特别好：天蓝，云淡，风轻。我独自一人，继续在这光照充足的夏威夷，被誉为人间天堂的火奴鲁鲁，这个张爱玲曾经驻足过的地方，做着一份简单的工作。没事的时候，就在威基基海滩，发发呆，吹吹风。一日又一日。

什么小易，"孟澜"，张庭……仿佛都不曾在我的生命中出现过。

等你来入席

宋洪韬是游轮公司产品业务线副总，四十五岁，虽然有一点小肚腩，但对于这个年纪的男人来讲，身材保持得已经算是相当不错了。发际线稍微往后移，但一样无伤大雅。虹注意到他时，他正戴着一副银色金属拉丝眼镜阅读手中的新闻通稿。

那是公司一场耗时八十天穿越整个北半球游轮首航成功收官的媒体发布会，虹作为受邀记者之一出席。那日，因路况好得出奇，她提前半个小时便到达了会场。

庆功宴在一个高端的私人酒庄三层举办。虹决定先不上去，一是因离签到时间尚早，即便过去也是一个人无所事事；二是素日里总是跑社会新闻口，对于这样的场面，她还是鲜少见闻，于是想趁机四处瞧瞧。她询问服务生洗手间的位置，之后刻意放慢脚步，绕到镶嵌有中国仕女图的屏风后面，端详起艺术品来。

毕业后，几乎同大学念书时一样，着装轻简。与脚踩高跟鞋，叩击在地板上发出"咯噔咯噔"声音的那些Office Lady（简称OL，通常指白领丽人）相比，仍旧爱穿匡威球鞋。衣装透露出的学生气，让人费解她真实的年龄。

一楼大厅显得凝重肃穆。推开洗手间的木门，里面灯光暗淡，墙体四面贴着众臣朝跪拜秦始皇赢政的工笔画壁纸。暗沉的色调，经过灯光的照射，画上的人物仿佛活了一般，俯首作揖的大臣们好像都要张开嘴巴，能隐约听见他们齐声喊万岁似的。虹走到散发出柠檬香气的盥洗池旁，伸出手，清水流出，于是扑面，试图卸去一路上的风尘。

她搭乘地铁，穿越大半个北京城，从北到南，来到此处。下地铁走过街天桥，步行一千米左右，途中经过通惠河。河上架着一座桥，车辆行人南来北往，虹背着双肩包，贴着桥的右侧，不紧不慢地走。

五月末，气温已连续三天高达三十度以上，闷热，干燥，背着已经磨损出毛边的黑色双肩Nike（耐克）包，捂着后背，已经让黑T恤粘在不停渗出汗水的皮肤上。她卸下背包，随意将它放在桥的护栏上，掏出手机，对准太阳的方向，拍下逆光的河流。

于是接着走，顺着河的堤岸。看看手机，时间尚早，索性席地而坐，在不知其名的大树撑起的一片绿荫中，出神望着河水随风荡起的微波。

"不知此时此刻，她在精神病院好不好……"潜意识里，她又想起了铮铮。想着想着，从心底涌上来一股钻心的疼。

耳机一直塞在耳廓里，即便不放音乐，也一直塞着。这是铮铮进入精神病院后的常态行为。她无法忍受没有音乐相伴的日子，现实世界的空洞、无味与千篇一律地聒噪，让她觉得恶心。据说经历过人生重大失去的人，内心会瞬间回归到一个孩子无所欲求的纯真状态。看什么都是从本心出发，好就是好，不好就是不好。非黑即白，所以哭笑无常，就跟即将到来的夏天的雷雨天一样，阴晴不定。

虹倒是没有走极端，铮铮疯了后也没有看透一切，但她就是觉得烦。烦得不行，心里总是莫名其妙升起一团怒火，胸口烦闷。为了摆脱这种躁动，她也只能塞上耳机听一些音乐。她几乎完全放弃了中文歌，抒情的肯定就直接跳过，听得最多的是电子与后摇。

她明白，要想在这个浮夸的社会混得如鱼得水，就得依托各种关系。世界这么大，凭什么要围着你四处打转。谁的时间都是有限、宝贵的。谁都不愿意把时间浪费在一个不知名没有经济效益或者其他附加价值的人身上。大家最看中的，是结果，是钱。

没错，在这个结果导向的社会，还有谁在谈论英国女作家弗吉尼亚·伍尔芙不堪遭受失眠与被幻觉的折磨，最后身装石块儿走向河中将自己永远沉睡；不会有人据此联想到《红楼梦》尤二姐吞金的故事；不会有人注意到小时候选入语文课本中的《羊脂球》的作者莫泊桑最后是罹患精神分裂而自杀的；写出美轮美奂《人间词话》的王国维是投颐和园的湖水而非寿终正寝的……太多太多了，这些在一个二元论价值观体系主宰的主流社会，很多真相与细节是不能获悉与深究的，了解个大概就行了，别给自己找事，活得别那么累！从文学推及其他，就更别谈什么人文情怀这个那个的了。

以上这些，是铮铮疯之前，在一个阳光明媚的早晨，两人搭伙跑完步，她对虹说的。一直到现在，虹还是不大清楚她发疯的真正原因。她再度想到那个说法，对药物有依赖的人的大脑会布满小洞，无论是看见看不见的，无论是针眼那么小，还是比针眼更小几乎肉眼都难以发现……药物依赖的人的大脑，已然与常人的大脑结构明显不一样了。

耳机里，雷光夏的一首歌《时间的密语》，将虹飘远的思绪拉回到现实里。就像是回忆片段，感慨万千。心里空落落的，歌声响起，好像给刚才那些记忆的残片配上了一首适宜的主题歌一般。

"昨天我曾走回童年，看见你也在我身边。"歌声清淡又悠扬，简单的吉他弹奏，在歌的开始与结尾有夏日的蝉鸣。听得虹不知是开心还是惆怅。记忆悄无声息在那儿，现实摆在眼前，通惠河水随夏日微风在眼前荡漾开来，扑鼻而来的湿润味道，倒吸一口，怕是会不小心流下复杂的眼泪。

虹起身，拍了拍屁股上的尘土，背上双肩包，跟着手机导航往酒庄的方向走去。于是就有了上面所发生的一切，决定暂时先不上楼，而是一个人四处逛逛。

虹觉得这个酒庄有一种与世隔绝的味道，它应该属于精英人士聚会的俱乐部。素日经常来光顾的，也一定是各大公司的高管、商业精英、文化名流与明星之类的吧。单单从此刻所置身的洗手间的装潢便可窥见一斑。它与虹的气场不符，但她也并不排斥。或许是因为从四周墙角吸顶音响流淌出来的音乐让她觉得舒心吧。物质再丰盈，都抵不上内心自然而然的惬意真实。

整理好白色衬衣衣领，捋好中分长发，推门，走出洗手

间。这时，一个穿小立领白衬衣的中年男人与她打了一个
照面。

　　"虹，我是宋洪韬。已经等你许久。"

　　他对她说。

白娘子的铜镜

端午节又要到了。

天气已经开始闷得不行，气压感觉低到极限。我吐着芯子，肚皮紧贴山谷，继续匍匐穿梭。

话说这山谷，作为县城森林防护带体系重点建设项目，十七年过去，已从当初遭破坏的贫瘠，逐渐恢复到往昔生态。笔直的白桦树，举着好似伸向天空的枝丫大手，用茂密的林海，掩映成无人知晓的世外桃源。

清晨，鹧鸪、猫头鹰、杜鹃鸟开始"咕咕"鸣叫。成群结队的燕雀觅食，一起腾飞时，扑棱的翅膀，总会惊扰那群时刻警觉的猫鼬，以更加防备的姿势，东张西望。

身为蛇足族，我们与它们，自古就有不共戴天之仇。

仇恨源起于南宋。在一个贵族墓穴，遗失过一把陪葬的铜镜。

林巴，也就是我的祖父，能一眼识出它所蕴藉的宝气，说，那是已经列位仙班的白娘子，在功德圆满前所用的梳妆镜。宝镜已具备灵性。

自幼好奇的我，问，白娘娘为何遗失了它呢？灵气又是如何汇聚在一面镜子上的？宝镜有什么神奇法力？白娘娘她老人家现在又身处何方？仙界，果真是在天上吗？天上，真有南天门吗？

林巴听完一连串的发问，哭笑不得。于是连哄带骗，解释道，白娘娘是故意将它遗弃的。因它日日夜夜映照娘娘的脸，久而久之自然吸附了灵性。至于后来去哪儿了？她去往很远很远的别处了。

我将信将疑，哦了一声后说，爷爷，您可真文艺！还别处。

话音刚落，他不禁扑哧笑出声来。

林巴不止文艺，他还是文明的拓荒者。在我们蛇足族，使用的名为林巴的语言与文字，就是他发明的。我们是族类的一个分支，叫作——林巴，寿命通常在一千五百年到两千三百年之间。自然界优胜劣汰的法则适用于任何物种。经过三代繁衍，林巴一族已经进化成整个族群的佼佼者。起初，按照颜色，蛇足族分为若干分支：红色，是庞洛族；黄色，是凌霄族；紫色，便是日益庞大，乃至最后统领整个族群的林巴族。

很难说清，我们是蛇还是人，并非因蛇身人头的外形所造成的困扰。

我们是雌雄同体的。

最终是雌是雄，要在二百岁之际，通过蛇足族的成人礼——盘蛇格斗的胜负见分晓。胜者为雄，败者为雌。也会有极少数继续保持雌雄一体的状态。

充满智慧的林巴说，在人类社会，别看他们的世界只分为男人与女人，但其实，有六种：男人，女人，偏男人的男人，偏男人的女人，偏女人的男人，偏女人的女人。

我们的模样，像是长了脚的蛇，时而蛇形，时而人身。人身只在人世间一年四季中的端午节这天变化。人类到现在也不知道，我们和他们其实在共用着一个地球。我们比他们多了一个第四态——灵态。在双方各自的态质系统，能够共同感受到固态、液态、气态这三种常态，然而灵态，为我们所特别地感知。

我们并非精灵，更不是人类所以为的孤魂野鬼。我们就是我们，在他们看不见的结界山谷，已悄然存在了漫长岁月。

作为即将二百一十岁的林巴族一分子，我还迟迟没有参加盘蛇格斗。林巴祖父圆寂之前，曾嘱咐我不要参加格斗。问他原因，他说日后自然会知晓。我带着这个疑问，一直生活在被广袤植被覆盖的月凉山谷。无论寒冬酷暑，一直稳稳当当，就像是这片森林中的一棵棵白桦树，深深扎根，把山谷作为身体与心灵的永恒故土。

其实，我们哪里有什么家啊。八千五百年前，还生活在海洋，长着像蝠鲼一样巨大的鳍，拖着长长的蛇身，在深海居无定所。每当发生月全食的夜晚，我们便集体跃出海面。我们也是胎生，鲸鱼是我们的近亲。

后来，猫鼬族误食了人类转基因作物，无休止地生长。长到他们开始觊觎海洋中的我们。以我们蛇足族为食，也是蹊跷，至今仍是一个未解谜团。林巴说，这个答案，只有最具灵性的绛红色芳巴蛇才能破解。而芳巴蛇，一万年才出现一条。

林巴祖父圆寂时，天象巨变。两颗大彗星接连出现，在人类世界，是公元一九九七年出现的百武彗星和海尔-波普彗星。人类一定想不到，彗星显现，是我们蛇足族的死亡仪式。当有智者圆寂，便会从人类所谓认知的虫洞，将灵态一员，运回混沌。

往生，回归混沌，据说是像一锅粥在翻滚的光海。它无法描绘，极度纯粹。那是一处没有心情起伏的圣地。无恐惧，无悲喜，足以震颤心灵。

"等到内心越来越强大，越来越具备生存的技能，就不会受制。那些个方圆，那些个规矩，是锁不住强大的芳巴的。因为，芳巴就是秩序。"林巴说完，便往生了。

猫鼬族对我们一直虎视眈眈。也奇怪，它们个头不大，也就是人类世界中黄鼠狼的模样，却是蛇足族的天敌。

灵态纪年逢九时，即，每一个年份中的九月，每一个九月中的九日，也就是人类天干地支轮回一圈的农历四月十八，猫鼬族会举行声势浩大的拜月大典。那是属于它们的祭祀仪式。

猫鼬族是修月亮的，月光是他们的能量源。祭拜典礼之际，月光皎洁异常。一轮黄得发红的血月，悬挂于阒无声际的夜空。它们饮光酒，一种散发出柠檬与抹茶混合色光芒的烈酒。饮下，会发生如同人类微醺的舒服状态。伴随着这种欣快感，不发出声响，排着整齐划一的人字形，由老猫鼬打头，双爪合十，叩拜月亮。

行完拜月大礼，便歌舞升平，琴瑟鼓之。他们有一种独特的乐器，叫月琴。时下，族群弹得一手好琴的猫鼬，名唤月朗。

由于年岁在这儿，我只听过两次月朗弹琴。他弹得悠扬，我被琴声吸引。只是碍于两族向来已久的宿怨，躲在树后，偷偷地听。

那天，拜月仪式完毕，许是光酒喝得太多，猫鼬们集体大醉。个别喝得亢奋不已，伴着皎洁月光，行欢愉之事。

月朗没有喝光酒。午夜过半，月如银盘。皎洁月光下，显得越发好看。

"谁？谁在树后？"

不妙！他似乎发现了我。于是我变化成蛇，速速离开。

回去后，我竟终日思念他。那滋味，难以言表。心就一直悬宕着牵挂。

终是逃不过盘蛇格斗的命数。话说，我生性不喜斗。斗天，斗地，斗自然。眼下，竟要斗自己人。

格斗过程非常简单，只要凭借力气，看谁先将对方牢牢缠住。作为主体拥有蛇的天性，狠狠地纠缠对方，使其认输，甚至故意活活勒死，也是每次格斗会发生的常事。

然而这回，格斗却发生了质的改变。无论是规则还是对手。没错，这次我们用俘获的猫鼬作为竞技对象。

当打开黑漆漆的铁笼，眼前的这一幕让我呆住了——什么！竟然是月朗！

他开口说话："嗨，你好。我……我选择放弃。"

简单的两句话，与我在心里对他存有的印象一样——与世无争。

"我也放弃。"我不假思索，掷地有声地说。

全场哗然。

因比赛无果，遂不能决定是雌是雄。我成为蛇足族三代唯一的例外。此后，我便在雌与雄之间，依由不同因素，譬如季节更迭，社会态势的紧张与舒缓，甚至因由内心动情的对象，忽雌忽雄。

因为两族恩怨，月朗遭猫鼬族放逐，我索性陪他天涯海角。他没带任何行囊，唯一携带一面铜镜。

就这样，我们打开分割人类与灵态互不相扰的结界，来到杭州。而我，原来就是那条一万年才出现一次的芳巴蛇。

眼瞅着人世间的端午节就要到来，天气已经开始闷得不行。我在杭州某处山中穿梭。突然，月朗手持铜镜，口中念叨："七彩铜镜，斩妖除魔。"

顷刻之间，天摇地动。什么杭州，什么月凉山，什么蛇足族，都一一消解为尘埃。

阿南旅馆

一

"小姐您好！麻烦您关闭手机或调成飞行模式。谢谢。"

当空中小姐走到跟前提醒她时，李木子正乐此不疲对着舷窗外的云朵不停地拍照。

"看吧，一点素质都没有！"坐在旁边的杨开海指责道。

李木子难为情地耸了耸肩膀，冲着他傻乐，于是赶忙把手机收回，长按按钮，关了机。

机舱不时响起乘客呼叫服务的叮咚声。伴随着舱内空调和机身发动机的巨大轰鸣声，李木子塞上耳机，调整好座椅靠背，试图寻找到一个舒服坐姿，决定剩下的两个小时要好好睡上一觉。

她闭上眼睛，但不知是不是登机前星巴克那一大杯拿铁的缘故，确实困，可就是睡不着。她想起一些很俗烂的形容：比如，怀里像是揣了一只小兔子；再比如，心里像是揣着一条小蛇，等等。是的，她兴奋，准确说有些亢奋。这是她第一次去广州，和杨开海第一次去往广州。

这是他们在一起后的第二次旅行。

上一次，南下跨年。目的地，海南三亚。

神的孩子全跳舞。

当李木子第一次看见这句话时，觉得对它颇为熟悉。

这是日本作家村上春树一篇短篇小说的名字。但，她觉得这句话是她自己的。

每一次开心，她都觉得自己就是在跳舞。虽然身体并没有实际舞动，但内心，一直在蹦蹦跶跶地跳着。然而说起实际年龄，其实她早就告别孩子的年纪了，就连青年也算不上。

一个即将奔四的"中年女人"，还保有一颗少女心。

"等以后红了，我要比许晴还矫情。"李木子一边看着综艺节目《花儿与少年》，一边对杨开海说道。

"我看不用红，现在就挺矫情的啊！"杨开海说完这句话，"咯咯咯"笑得收不住声，跟吃了疯人果似的。李木子白了他一眼，伸出脚丫子就是一脚。杨开海躲闪不及，继续笑。

四十三岁的杨开海在生日前夕，刚刚开了一家甜品店。这是他送给自己的一份生日大礼。李木子在一家报纸做副刊编辑，除了半月一次的选题会，平时无需坐班。俩人早早订好了广州机票，去看歌坛一位常青树歌手的演唱会。

此时，飞机已平稳飞行在平流层。想起人生第一次坐飞机，还是在二〇〇九年春，作为报社新人，前往成都附近的一个古镇做采访。

第一次坐飞机，就爱上了飞行。

素日，包里会塞着笔记本与书籍，想到什么，马上记下来。那时还没有智能手机，不像现在，可以非常方便地将语音转成文字。主要是，她一直觉得对着手机自言自语显得非常奇怪：一，不是艺术家，不是歌手，不需要把创作灵感记下来；二，又不是DJ（唱片骑师），不是贩卖声效的人，不需要随时随地收集声音素材。然而，她喜欢写。写这个动作，让手与心为之匹配。这也是自毕业以来养成的习惯。

"让自己年轻，虚荣点说，起码看上去年轻，就应该多读书。"这是李木子的一个结论。

"是，是，是。读书，多读书。"杨开海拿她没辙，顺着她说道。

"就是得多读书嘛！书生气，多么可贵啊！真的。"她强调。

"真的，是真的。我也没说是假的呀。"每次杨开海说完，几乎都会给她一个大大的拥抱。他喜欢李木子的纯真，尤其对成年人而言，眼神中还保有的那份干净。她喜欢他身上简单的男人味。一个做了十多年销售的男人，没有变得油腻腻，外表还像个大男孩，且说话直接，不拐弯抹角，性格中带有一针见血的犀利。

相由心生。两个人，都是被老天爷格外眷顾的人。

"你可知，恋爱，什么最重要？"她问。

"我不知道。祖宗，你先好好说话。说人话。"

"哎呀！意境都让你搅没了！"她着急道。

"好，好，好。我的错，我的错。"

谈情说爱，不就得这样。一个推，一个让。互相成全。彼此在各自的需索里，得到确认。

至于什么最重要？

安全感吧。

无需多言的默契，不猜疑的安全感，在这个充满诱惑与变数的世界里，让对方安心。一份无论正做着什么，却时刻记惦着彼此，一颗适宜的心。

恋爱，是需要同等级别对手的。

这句话，李木子反反复复，不知在日记里写下过多少回。意思是，爱一个人，就像是伸出自己的一只手，需要那个意会到的另一半，伸出他的另外一只，与你击掌。

每当她啰哩啰唆写了半天，或是用形容词解释半天，都抵不过杨开海一句简明扼要的概括："不就是孤掌难鸣嘛！"

没错。孤掌难鸣。

李木子庆幸，在人生就要奔四时，终于找到了自己心仪的另一半。要知道，我们每个人，为了爱，曾付出过多少次求而不得的试炼。

这份沉重的爱的代价，或许还伴随着人生旅途中某种巨大的失去。经历一番寻死觅活，感觉天都塌了，日子就要撑不下去了。甚至还说过"再也不相信爱情了"的傻话。

那个以为将是最后谈的一场恋爱，从起先的兴致勃勃，信誓旦旦，以死捍卫，到走着走着，分道扬镳，各自天涯……

昔日白首不相离的誓言，成为一场笑话。

作。无尽地作啊。

李木子很是欣慰，在经历过上述不成熟的恋爱后，以一颗趋于平和的心，来接纳、呵护杨开海对自己的这份感情。

两个人都曾经遭受过被出轨的伤害，经历过类似的打击后，才让彼此明白什么才是最重要的。

要知道，有些话，即便不说出口，眼睛也会自己说出来。

木子与开海是天生的一对。或者说，为了在这一世找到彼此，势必要费一些周折。

有时在深夜，木子突然醒过来，看见酣睡的开海，四仰八叉像个男孩睡在身边，会不由自主掉眼泪。没有什么比这更美好的画面了。有多少夫妻，同床异梦。又有多少情侣，在外面各玩各的。

两颗心，不需要拴着，就能紧紧地系在一起。自自然然地贴在一起。

木子特别讨厌开海身边一些朋友的观点。说，恋人的相处之道，应该像放风筝一样，紧了，就松松线；松了，再往回拽一拽。要么就是两个人在一起久了，难免审美疲劳。要避免俩人经常在一起，多跟朋友们聚聚会。

她跟他们翻脸，绝交。

她的观点：人生在世，人与人之间，无非交好、交恶。自己不是圣人，只是一个平凡得不能再平凡的普通人，对于爱，有着外人看上去格外夸张的深情。她恋家，恨不得一下班，就马上回去。有时想拥有乾坤大挪移这样的神功，能够不费吹灰之力，瞬间移入家中。与爱人朝夕相处，过黏黏腻腻的小日子。

她被他的朋友提醒：要这样下去，你们的感情一定会有危机。分手，也是迟早的事。木子不以为然。她经历过太多黑暗如临深渊的苦恋。无疾而终也好，不知所以被现实打败也罢，真是太多次性格迥异的恋爱了。然而，这些都不重要。重要的是，从现在开始，她对他有信心。

她相信，这是先前谈了那么多场恋爱后，老天爷最终送给她的一份福报。

飞机在云端上飞。

木子在一个用猫做封面的正方形笔记本上写下这句话。她最终还是放弃了睡觉，放下小桌板，写写停停，一直若有所思。兴奋再度光临时，便三番五次，忍不住将鼻子与额头顶在玻璃上，凝视窗外的云。

云朵绵密如岛屿，堆叠在蓝得不真实的天空。天的颜色是透亮的湖蓝色。怎么形容呢？像是并不存在于色谱中的一种特殊的蓝色。看上去，如同薄翼，仿佛是可以呼吸的。

她忍不住偷偷打开手机，一张，两张……拍下不停变换形状的云朵。

云，像是通往另外一个世界的天梯。倘若碰上一直延伸至看不见边界的大面积云团，就会想，在云的那边，或许真的存在另外一个世界也说不定喔。

就这样，伴随着发动机持续的轰鸣声，一路想，一路看。

当飞机准时降落在广州白云机场，她知道，自己和杨开海的旅行，就要开始了。

二

下飞机，走在通往机场大厅的通道，背后是机舱逼仄的冷气，扑面而来却被一团突然直冲的热浪侵袭，像是透明却厚重的塑料膜，套在脸上，呼吸瞬间憋闷。身上其他除衣物裸露在外的肌肤，也被这高温膜所缠裹，汗水不知不觉从额头、后背、关节窝里渗出来。在这简短不足十米的玻璃通道，人如置身在温室下的热带植物，身体的叶片，早已憋出一团潮湿细密的汗珠。

对于第一次抵达这座简称"穗"字之城的李木子来讲，热，并且是极度闷热，湿漉漉地闷热，是最为直接的切肤感受。

为了摆脱这种身体黏糊糊的体感，她再度塞上耳机，用手快速转着黑色iPod Classic（苹果的一款播放机）中间的大旋钮，试图给自己放一首听上去显得凉快的歌曲。其实，随便哪一首都好。

　　一首名为"Hymn to the sea"（电影《泰坦尼克号》插曲《大海的咏叹》）的曲子，以悠扬的旋律从耳机里飘出来。她的心瞬间安静下来。一九九七年，一部风靡全球的影片席卷中国大江南北，就连木子所在的山西小城，彼时的大街小巷，几乎全天候播放着Celine Dion（席琳·迪翁）那首著名的"My Heart Will Go On"（《我心依旧》）。十六岁，真正一个少女年龄，当别的同学都被Rose（罗丝）和Jack（杰克）的爱情感动涕零时，她却对影片中无所不在的一支悠扬配乐迷恋不已。周末，攒着每月仅有的那点零花钱，去往音像店寻找这部电影原声音乐的磁带。透过柜台一面厚玻璃，一眼就望见两个熟悉的人头——Jack的正脸抵在Rose侧向右面的肩膀上，游轮前方下面，是那几个显眼的大写英文字母：TITANIC（泰坦尼克号）。对于一个高中一年级的学生而言，用标准的发音发出TITANIC这个英文单词并非难事。夜深人静，她就在自己的房间，关上灯，平躺在床上，睁着眼睛，一个字母接着一个字母，念道，T-I-T-A-N-I-C。那么缓慢，那么轻声。她听见自己的喉咙与舌头通过完美的配合，发出好听的TITANIC这艘游轮名字的英文，这个一九一二年四月处女首航就沉没于大西洋中的巨型游轮的名字。在她年轻的内心深处，有一种说不出究竟的情绪悬宕在时隔八十五年后一个异国他乡小城中一个十六岁少女的心尖。

是慈悲？肯定不是。那么小，哪里懂什么大爱。是善感？多少还差不离。但尚未找到在那个特殊阶段不知被何物滋养出的一颗心来。莫非是为赋新词强说愁？也不尽然。所以，暂且把这一切心情的起伏都归结在那个叫作"青春期"的东西上面吧。

时间的隧道，让那座实际上早已沉睡在海洋深渊中的大船，借由一首旋律悠扬的音乐，就这样不知不觉，从彼时来到此时。这很奇妙。电影中的船只，也并非真实的。但音乐如弥漫在空气中摸不见的灵媒一样，将映射在屏幕上的画面，层递分明，投射在她的心海。于是木子格外关注了电影配乐的创作者，名叫James Horner（詹姆斯·霍纳）。

然而，James Horner死了。

就当李木子和杨开海刚刚坐上奔往广州市区的机场快线五号线的巴士，木子手机一个新闻客户端刊发了他去世的新闻。James Horner是乘坐自己私人小飞机坠机身亡的。

曾经有一度，李木子是很认真思考过死这回事的。

倒不是自己要寻死，然而确实琢磨过别人的死。她能想到的：英国女作家弗吉尼亚·伍尔芙；法国作家莫泊桑；日本作家三岛由纪夫、川端康成，以及年代久一点的太宰治；中国作家王国维、老舍、顾城、海子。无论他们的死法多么千奇百怪，比如伍尔芙是兜里装满石头沉向河底，莫泊桑割喉，三岛由纪夫切腹，川端康成在工作室口含煤气管，王国维和老舍都是投湖，顾城杀妻后自缢，海子卧轨。这些人中的大多数，作品都曾或多或少选入过语文课本。但是很少有人注意到，他们都是自杀的。

李木子不愿轻易提起那两个字。因为，她姥姥就是自杀去世的。

所以，死这个字，自杀这个话题，对于木子曾经有一段时间是禁忌的。直到有一天（忘记是哪一天了），她突然开始跟别人大谈特谈死这个主题。后来，她之所以报考大学的中文系，也多半是与这个命题有关。她觉得，像是数学、物理、化学这样的学科，它们的知识结构决定了从事它们的人须是那种客观严谨甚至鲜少有情绪起伏的。而人文学科，在专业素养的积累中，更多需要具备一种天生的细腻感知力。

她偏执地认为，文学就是心里揣着一只小鸟在唱歌。是日也唱，夜也唱。直到唱歌的这只小鸟精疲力竭，唱不动了。而作为文学创作的那个人，也便倾尽了所有的能量，再也写不出一个字，或者根本就不想再写，就此封笔。

从音乐大师James Horner坠机身亡，到想起死这个关键词，再到脑袋里自然而然浮现出那些非正常死亡的创作者们，这串连锁反应也是够奇怪的了。

其实在念大学时，她就想过要写一本包括上述那些人非自然死亡的传记图书。在她对死突然着迷的彼时，她觉得死这个话题起码听上去就很酷。后来，这种认知随着身边一些熟人的离世而发生翻天覆地的改变。

死，是一件特别不能随便拿出来诉说与探讨的。这种禁忌，很像荒漠中突兀矗立着一棵树，岁月飘摇，风吹雨打，那棵孤零零的树经过繁茂后注定凋零垂老，直至变成光秃秃的一根枯木。

所以当木子获知James Horner离世的消息后，她的心除了一番唏嘘，闪过上述那些一连串的记忆与感知外，其他，并无别的感慨。但是她觉得有必要郑重其事向这位大师致敬。别的不说，比如在电影界、音乐圈的地位这些光环的盛名之外，单单在木子十六岁那年他的音乐对于她那颗幼小敏感心脏的深深撞击，就让她感怀不已。

但是，死就是死。用她爸爸的话说"人死如灯灭"。

三

杨开海使劲推了一下若有所思的李木子，把她紧紧塞在耳朵里的耳机薅掉。

"Hi，Hi，Hi，差不多行了啊！技兰又在瞎感怀呢吧？！"开海见木子从下飞机到此时坐在机场快线的巴士上，眉头紧皱，就知道她又不小心"沦陷"在什么"地方"了，于是赶紧给她招魂儿。用木子自己的话说："要是我魂儿不小心跑了，记得随时把我给传送回来！"

原来，俩人认识那天，看了一场电影，恰巧是《星际迷航》。电影中无论是帅气的詹姆斯·柯克，还是留着齐刘海同样帅气又高冷的来自瓦肯星的斯波克，还有其他那些船员，都会通过"传送"功能，在适宜的空间距离里，自由来去。

"这种遁形，物体的瞬间位移，不就是金庸武侠小说里的'乾坤大挪移'吗？！"开海总会就一件事一语道破。

"是是是，乾坤大挪移。吼！嘿！哈！"木子说完，学着赵雅芝那版白娘子施法的优雅姿态，就地比画起来。开海笑得"咯咯咯"，嘴里丢出俩字"抽你"。其实哪里是抽，疼，爱，还来不及呢。

俩人在一起，整整两年了。

两年，或许是别的情侣的一个零头（甚至连零头都算不上）。两年，足够让一个女生变为人妻而后怀胎十月诞下婴儿。两年，足够让一个男人从某种幼稚（木子一直坚持地认为男人是永远长不大的孩子）状态趋向成熟。两年，足够盖起一座并不只有一层的高楼，手里炒的股票早就不知赔赔赚赚反复了多少次。两年，又会有多少恋人，因为作啊、无理取闹啊，分啊、合啊，再分啊、再合啊。两年，是不是也会经历身边重要人的生、老、病、死呢。

但是两年，李木子和杨开海，扎扎实实地在一起。可以说，是那种朝夕相伴地在一起。

有时，在一些特别重要的日子，比如两人彼此的生日，抑或炎炎夏日，随便穿着睡裙裤衩背心在租住小区附近遛弯，开海会试探性地问道："宝贝，你不会嫌弃我，不要我了吧。"起初木子听后，会纳闷这家伙是咋的了？后来相处时间久了，通过或长或短的对话、沟通，她才明白，原来是一直担心等哪天她遇见更好的人，说直白一点，遇见条件更好的人，离他而去。

"傻瓜！"木子丢给他这两个字。别的什么也没说。

李木子确实有几分姿色，骨子里带着一些也不知道从哪儿蹦出来的小才华，一不小心就把杨开海吸引住了。其实她一直没对他说：你就放心吧，我是不会离开你的。这样的话，并非她说不出口，而是觉得根本就没必要。一个人，爱一个人，爱，这个动作本来就是像磁铁一样自然而然吸附的。在两个人之间那道肉眼看不见的吸引力磁场中，一个人，对另一个人的忠贞不渝，像极了从小豢养的一只小狗对主人的忠诚。那只小狗从那么一丁点，被一个人好吃好喝地喂养，投以温柔地抚慰，怎么会说离开就离开呢。

李木子是一个特别念旧的人。她觉得自己其实哪里有什么小才小情，那些不都是从小一以贯之，从简单的性格中带来，并延续至今的东西嘛。

她是害怕"分别"二字的。虽然她平时不会向外人透露出一丝一毫情绪上的起伏，但只有杨开海，或是其他亲密无间的人，才知道她是一个多么情绪化的人——神经质，偏执，非黑即白。

她不是一般程度地恋家。

"胖虎（木子给开海起的小名），咱们啥时候能拥有一家属于自己的甜品店呢？快让我早日脱离上班看老板脸色的苦海吧！每天面对那些性格古怪没有礼貌的客户，我都要烦死了！"

杨开海今年四十三岁，在生日前夕开甜品店之前，在一家进口食品公司做销售主管。毕业后一直在这个行业摸爬滚打，从业人员素质参差不齐，见识过太多奇葩极品。他的性格，在到了不惑之年阶段，已然被打磨得圆润。对人倒不是虚情假意，但在工作中，已经完全明白自己与客户的关系，无非就是利益。这种简单甚至粗暴的关系，让他做起事来反倒直截了当，不会像儿女情长那样，拖泥带水，磨磨叽叽。但正因此，才累心。刁钻的大客户，得像伺候皇上一样唯命是从。关系一般的，也需要像菩萨一样供着，像哄小孩一样哄着。他累啊，所以夜晚下班回到家，其实并没有像白天里面对客户，或是周末与朋友聚会时那样健谈、爱说爱笑。开海在木子面前，就像是一个赤裸裸一丝不挂的孩子，想哭就哭，想笑就笑。当然，他几乎没在木子面前哭过。两年来，虽然他确实掉过眼泪，但也仅仅只哭过两回而已。他把自己的情绪藏得很深，或许是工作狂的性格使然。木子从来没有跟这样胸腔里顶着一股子劲儿的人谈过恋爱。她的朋友们的性子大都不紧不慢，甚至干脆就温吞吞的。于是她想：他的这种性格，是一时性的呢，还是一以贯之？对待爱情，会长情专一吗？会非常恋家吗？那种恨不得下班时间一到，就马上打卡回家的人？

家，对于木子，其重要性，无与伦比。

在木子看似安静若素的外表下，其实藏着一颗狂野的心。她爱吃辣，越辣越好，非常重口味。她也爱滑雪、潜水、冲浪这种类型的户外运动。杨开海则喜爱球类运动，羽毛球、网球、篮球。尤爱羽毛球，一打就是十二年。每个周末，可以说是风雨无阻。

两人刚刚认识时，正值他业余羽毛球生涯的第十个年头。每逢周末，他都要打比赛。于是她跟着他，第一次去往一个叫万芳亭的羽毛球馆。充满着汗味与浑浊空气的场馆，让她喘不过气来。

她还记得那个下午，一直塞着耳机听歌，最后实在困了，便自己悄然离开，在场馆坐落的公园里，漫无目地四处乱走。她清晰地记得，寒冷冬季的午后，公园死寂一般，杨树叶早已掉光，放眼望去，尽显光秃秃的枝丫，满目的萧瑟之感。雾霾严重的北京下午，整个城市笼罩在一片毛骨悚然的空气中，就连本应常青的松柏也显得灰头土脸。一两只喜鹊离巢，时不时在他身边蹦跶，发出嘎嘎嘎难听的叫声。突然间，她有一种难受的心情，觉得自己非常孤独。霎时，她觉得整个北京的天与地，都如自己失落惆怅的心情一样，黯然失色。

　　她想看海了，很想很想的那种。不知道，感受很奇妙，说不上来，就是很纯粹地想念。要知道，他就在离她不远处的球馆里啊，可她就是感觉自己很沮丧。她想马上见到他。于是想着想着，长长的眼睫毛被一不小心渗出的几滴眼泪粘连冻住了。

　　李木子就是这样黏着杨开海。她是他的跟屁虫。开海的一些朋友不喜欢她，在背地里议论她，说开海变了，有了"媳妇"后就疏远昔日这帮哥们了。只有木子知道，所有的改变都是开海自己决定的。

　　时间赋予了每个人在不同的阶段以不同的生活步调，稳步向前走。

　　这步调在年轻时或许是快节奏的，可能会频繁更换恋人，觉得无所谓，真的是无所谓。觉得不喜欢一个人了，性格合不来了，大不了就分呗，一拍两散。直接了断，也不哭闹。岁数渐长，回头，却发现，原来年轻时的自己是那么地狂妄，不知珍惜，为了一件鸡毛蒜皮的小事儿，为了所谓的面子、不值钱的自尊心，非要分个是非对错。那结局就注定只会有一个：各奔东西。

　　于是木子便不管不顾，小跑回球馆，站在球网边，招手示意开海过来。开海擦着额头上的汗，红着脸，喘着粗气问：

"宝贝儿，咋了？"她不好意思，吭哧瘪肚，半晌也说不出话。开海瞅着她红红的眼睛，似乎懂了，于是一句话也没再问，轻轻说了声："走，宝贝儿，咱们肥（回）家！"

回家的车子行驶在通往北二环的路上，红灯，车子停下来，开海把手搭在坐在副驾木子的手上。车流量少时，便会一直紧紧地握住。

木子侧过头，开海也转过来，俩人相视而笑，即使不说一句话。车厢里的温度，俩人的眼神，都是妥妥帖帖的。

音乐响起，是网上一个叫金子钧的歌手创作的原创歌曲，歌名叫《春宴》。简单的钢琴弹奏，衬托着歌者干净的声线。木子只记住了其中一句歌词，她觉得这句话的意境真是美极了——

春光普照一张唯美的脸。

四

巴士冷气开得过足，这对从北方初来乍到的恋人，无疑是不习惯的。杨开海闪过一个念头："不会因水土不服，闹什么小病吧？"还没等想完，就连忙在心里呸了三下，想，哪有这么咒自己的。

李木子对广州机场快线的叫法格外好奇，起初她在家用手机做攻略，当用高德地图搜索从机场如何到达酒店时，她还以为快线会像北京机场快轨的地铁类型交通工具。实则不然。他们所乘坐的5号线，是用阿拉伯数字命名，并非像在北京，会用西单线、中关村线、亦庄线这样的地点直接命名。

对于俩人来说，这座城市的有趣，才刚刚开始。

马上，快线5号线即将停靠在下一站海珠广场站。他们在这附近预定了酒店，准确说是一家小旅馆，一个名叫"阿南"的主题旅馆。

从北京出发前，杨开海所供职的公司正值搬家，他们要从城北搬到城南。每天他早早起床，开车近两个小时，到达位于大兴区的新办公地点。所以此次广州之行所有吃住行的攻略，都由李木子完成。

她喜欢做这些行前准备。她是一个爱按照计划行事的人，或许和工作有关。作为报社副刊的资深编辑，每月都要组织一次包括实习生在内的选题会。为此她建了一个微信群，开会前，先跟大家约好时间，除非碰上广告客户有紧急投放的需求必须得加班的特殊情况，万不得已，一般都会让大家按时下班。

平时她也不在微信群随便下达指令，更不会在非工作时间让群里叮当响个不停，这与她自己反感有事没事就爱瞎聊天乱布置任务的领导有关。用她自己开会时的原话讲，"出门在外，大家都是打工的，能一起共事成为同事。我相信诸位都是传媒领域的佼佼者，希望每个人都能自觉完成好手里的工作。"

自从编辑部主编因动了一个大手术而请了半年之久的长假，她便被上面口头提拔，做起了实则执行主编的角色，负责重点版面的专题策划。虽然并未真正升职加薪，李木子却凭靠自己扎实的专业素养、以诚待人的性格魅力，在编辑部上上下下赢得了良好的口碑。

她是一个心思细腻又单纯的人，异常反感职场中的明争暗斗。办公室政治完全驾驭不了。这么多年，小到报社，大到新闻出版局，虽然历年得了一个又一个最佳编辑奖，但当领导想要委以重任时，她连考虑都不考虑，直截了当地推掉。她完全没有时间与心思，周旋于复杂的人际关系，去做那些看似比采编工作轻松很多的领导工作。她并非不具备领导力，而是她深谙职场中那些尔虞我诈防不胜防的明枪暗箭。她担心会一不小心变成自己讨厌的那种女强人，虽然她知道这个世界哪有不变这回事。

说得简单些，她觉得现在的日子，挺好。

知足常乐嘛！有多少人，打着年轻人要使劲努力奋斗的幌子，最后在野心与膨胀的欲望中，丧尽天良地改变。

就拿身边一个活生生的例子——那个休病假的主编来说吧：海外镀金的学历，一个理工科毕业的硕士，从实习编辑一路做到编辑、高级编辑，最后晋升为编辑部负责人。短短两年半时间，看到他从谦逊有礼，到为了刻意彰显自己的强势气场，树立所谓下面的人得怕我的震慑力，对下属、同事开始保持距离。一个三十出头的男人，用不知从哪儿学来的职场厚黑学，极力巴结领导。讲电话时连说对对对、是是是，谄媚之态，尽现唯命是从之能事。即使他的上级因专业背景与知识结构受限，或者干脆就是半路出家，根本就不懂文化传媒圈的行业属性与脉络，为了表现自己在任期上的业绩，胡乱提出副刊在突破与创新方面上的策略，最后造成改版失败。他作为主编，当初就该敢于谏言，及时止损。其实他哪里不知忠言逆耳这句话，无非是为了自保，或者干脆就是一搅屎棍子，把本应顺利推进的工作，非要张牙舞爪在当中插上一棒。一来，显示自己是有水平的，对工作加以指导嘛；其二，也是在这噼里啪啦的工作踢球与博弈中，进一步竖立自己让别人惧怕的气场。殊不知，气场哪里是硬生生竖立的，那些无形的能量不应是从内而外潜移默化散发出来的深深吸引力吗？然而，那个没什么水平的男人似乎意识不到这些，还在为自我感觉良好的震慑力而津津乐道。其实在圈内外，大家都非常反感他。无非是忌惮他所在的大平台，那个职位、那份权力，大家为了工作利益，为了版面的广告效益，忍着他。私下，几乎没有人以朋友的身份与他联络。这样的人，在职场上根本就没有朋友。虽然在职场上，"朋友"二字本身就值得商榷，但他时不时向同事投射明枪暗箭，俨然就是一个阴险的小人。他挤对走过许多人，那些尽心尽责把事情做好，因为脑洞、创意太好，被大领导夸赞，他心里寻思，会不会哪天踩着我上来，把我给顶了？同时，又对做事不够出色，但也挑不出大碍的其他同事，苛责呵斥。很多时候都话里有话，言语中带着一股酸气，旁敲侧击，暗示其主动离职。

李木子那时刚去报社，没多久便把上述的一切都看在眼里，但作为职场新人，还没在社里站稳脚跟，不敢也不想管别人所遭受的委屈与不公平对待。母亲在电话叮嘱她："上班了，可跟上学时大不一样。事事要谨言慎行。多看，多听。一定要少说话，尽量不说。言多必失。"

木子记下了母亲的那番叮咛，加之那会儿她还尚小，不怎么会跟人打交道，于是便凭借安静自若的性格，本本分分地干好自己的工作。

"胖虎，你说做人咋这么难呢！你看，这工作，做好了，人家怕你有能耐上位，不时就踹你两脚，打压你。要是做不好吧，就直接骂你没本事，估计离被开也不远了。真是纠结。到底是该把一件事尽善尽美地做好？还是弄差不多就得了。"有时木子在单位中受了委屈，便与开海探讨职场中的困惑。

"那还用说，当然是干得差不多就行了。《甄嬛传》白看了啊！你以为电视台有事没事瞎×放甄嬛啊，就是给像你这种太单纯的人看的。多么血淋淋生动又残酷的现实教材啊！"杨开海每每跟木子传道授业解惑而投以无限热情，时不时上来一股搞笑甚至搞怪的感染力时，木子便哭笑不得。也正因此，她更爱他。一句安慰的话，一个眼神，他给了她许多在逼仄现实中稍微轻松喘息的片刻，令她不时紧绷的神经得到放松。

开海会接着说："你千万别把这样的人放在心上。不善良的人，鬼心眼儿太多而只想祸害别人的烂家伙，不对！是贱人，总有一天，老天自会去收他们的。"

"那老天还不赶紧来收拾他们啊！我咋觉得这个世界根本就没有'善有善报，恶有恶报'这回事呢！你可别往下说什么'只是时辰未到'这样老掉牙的话……"木子回道。

"哎呀，真的是别着急嘛！有句话说得好'人心不足蛇吞象'，那个贱人一定会因为欲望而不断往上爬。到时，你们那个大领导估计也不是个什么善茬儿，一定有招儿治他！职场嘛，其实就是你强我弱，打一巴掌给个枣吃。捧一捧，再挤对一下。给你戴戴高帽子，看你过于锋芒毕露了，就使使阴招，往下拽拽你，甚至狠劲地踹你一脚，让你永世不得翻身也说不定呢！"杨开海说得头头是道。

每当李木子听完上述那番话，她都觉得自己干脆还是不要再上班了。有时她就故作可怜状，央求着做了十余年甜品销售的杨开海早日开一家属于自己的甜品店吧，那样她就可以堂而皇之地不用为别人打工了，不用再看气场不投的老板脸色，而是为自己忙活——

养一条泰迪狗，再养一只英短，没事喝喝"咖灰"（木子对开海撒娇时的嗲音），在小院儿的栅栏边种满蔷薇，给花草松土、施肥、修剪，夏日里支起一把大阳伞发发呆晒晒太阳，雨天则站在紧闭的玻璃窗前看外面的瓢泼大雨。雨水哗哗哗下个不停的声音，不小心让她浮想联翩勾起一堆堆往事……

"前方到站，海珠广场。有下车的乘客，请您提前做好下车准备！"司机的报站声将李木子从白日梦拉回到现实。

五

一个多小时后，机场快线5号线停靠在海珠广场站。

下车，闷热潮湿的空气扑面而来，杨开海怨声载道。他是一个不轻易抱怨的家伙。上，应对苛刻的领导；下，面对刁钻的客户，已将脾气磨平（一定是假的没有脾气啦），这也正是令李木子钦佩之处。

从小被父母宠爱着长大，木子的随性貌似有些过了头。大学刚毕业那两年，亲戚接连去世。某天，竟也听到身边的同龄人突然"走了"。念中文系的她，因痴迷阅读康德、黑格尔、海德格尔这些西方哲人们的书籍，或多或少地被"洗脑"。她自己没有意识到这个问题吗？我想一定会。在校园那个相对单纯的环境，任任性倒也还好。然而毕业以后，任性的脾气，不但一直没改，有时较起真儿来，更甚。

不止一次，她对开海说，对身边最好的闺密王晓北说：人真的能洞悉"无名"吗？那些深山中的高僧，那些没有迈开脚步依旧本分居住在寺庙或道观里的高僧、道士，他们真的能觉察到所谓"无名"的东西吗？

有时，依然风风火火的她劝慰自己那颗逐渐分裂的心，自嘲道："人嘛，总归要有一份信仰，否则，该如何打发这一个烂事儿刚解决完，另一个烂事儿又接踵而至的苦逼现实呢？！或许那些信仰假大师的民众，早就知道他们是假的，之所以不去拆穿，不捅破那层谎言，完全是惧怕失去能够拥有信仰这件事本身。"

有时，李木子又像是一个人精。上学那会儿，她看过太多太多的小说了。为了文艺美学这个专业，啃过上述那些先哲们的专著。单说小说吧，太多雷同的故事情节，读得多了，自然就会猜到结局。就拿青春小说为例，无非就是情窦初开，男主有一点痞帅，爱打篮球，被众多女生暗恋，但他只倾心一人，于是俩人偷尝禁果，不小心鼓捣出一个"孩子"，男主惊慌失措，死不承认，女主伤心欲绝，独自一人去私人小诊所堕胎，后来伴随着女主无止境地作啊、闹啊，男主烦了，最终以分手收场。倘若有番外篇，那就是时隔多年，女主逐渐成熟，从娇滴滴无脑的恋爱少女，变成雷厉风行的女强人，历经尔虞我诈的职场风云，某一天，突然与初恋不期而遇，收敛多年的情绪瞬间失控……之后，没有原则地施舍其实混得并不好的昔日少年，再次投怀送抱。给他花钱，帮他安排生活的点点滴滴……看得多了，李木子觉得自己都能当一个青春小说作者了，然而她看不上那些写作者，虽然当熟知一个套路后，如果按照那个规则去写自然会有出版商关注，但她一直坚守着自己的那份任性，爱惜着这个时代似乎贬值的纯文学羽毛。

李木子把她的纯真保护得"一塌糊涂"，用她前任的话讲，干净得都不可思议，仿佛不是现实里的活人。这也是前男友离开她的其中一个原因。她对于精神层面的苛求，着实让他受不了。他需要的只是一个能给他做饭的小媳妇，而不是整天沉浸在文艺作品中的神经病。

回到木子看不上的那些创作者的作品上，用她的话说，连自己都没打动，连自己这关都没过，凭什么还要再去制造一些文字垃圾，用不真诚的文字误导年轻人的三观。她才不稀罕当什么在这个浮躁年代根本就不值得一提的作家呢。于是她选择去报社工作，只是做一名普普通通的编辑，像一枚螺丝钉一样，哪里需要就去哪里冲锋陷阵。

她喜欢的捷克作家，弗兰兹·卡夫卡，四十一岁去世前，一辈子都在一家公司任小职员，一辈子没结婚，虽然他有心爱的未婚妻费莉丝。卡夫卡三次订婚又三次解除婚约。刚上大一时，木子就读了他的小说《城堡》。她记住了K这个人，记住了K为了走进城堡，所做的荒唐努力。

开海并没有阅读的习惯，于是木子在生活中就做起了他的语文老师。她告诉他，卡夫卡生前的大多数作品都未曾广泛发表，三部长篇小说也均未写完。开海听完，内心并无任何感受，为了哄她开心，准确说不忍心打断她的那份对于喜爱人与事的执着，便哼哈地连连点头，嘴里应道"是，是，是"。

木子与开海俩人性格互补，这是包括开海的朋友大家都知道的事实。经过几次无疾而终的恋爱，木子清楚不可能再找一个与自己性格、喜好完全相同的另一半，让双方再次掉入那个不切实际的世界而仅仅耽于幻想。她需要有一个人，一个胸襟开阔的男人，让她在不小心沉湎于虚构的世界时，及时地拽她一把，拉她回到现实。所以，他们之间才有"别忘了把我传送回来"的那个约定。

木子何尝不知，搞文艺的人，酸不溜丢的，有时还小家子气。文人大都相轻，如《红楼梦》所言，假作真时真亦假。对于虚妄不断的同类人，她心里早就有数。

当在两年前的六月六日，一个机缘巧合的机会，她遇见了他。她，在后来的日子里，为了他，真是改掉了许多任性的脾气。想必，这就是爱情里最为玄妙的地方。说不清，道不明，索性就不深究了。

当爱，已然在爱了的时候，就尽情地爱吧。

六

站在闷热潮湿的路口，李木子四处张望。正值晌午，身体本能地出现犯困瞌睡的反应。她不饿，杨开海也不饿，就是困。上下眼皮已经开始打架，好像稍微走一下神，就能立马睡着。她特别爱疲劳，几乎每天都要睡会儿午觉。多亏她不需要坐班，否则中午不睡，下午一定犯困。

原地转了一圈，除了热，倒没什么别的异样感受。路口呈三角状，她在北京，或者去北方其他城市，很少见过这样的布局。她去过吉林省长春市，第一次去往那里时，还是去寻找哥哥。她也去过黑龙江省哈尔滨市，到那里是了断一段短暂的恋爱。她也去过老家所在的山西省的平遥古城与五台山。工作后去过安徽省西递宏村以及黄山。像是京津冀地区，如石家庄、唐山丰润这样的地方也去过。总体来讲，北方建筑风貌都差不多，除了西递宏村的徽派建筑让她喜出望外，其他大体相差无几。即便具体的建筑外观略有差别，但就整体所呈现的质地，也一眼能够识别那是北方风格。如果让你觉察有显著异样之处，那便是植被的样貌。

正当李木子打着哈欠有些找不着北时，抬头一瞧——哇喔，好大一棵榕树啊！毫不夸张地说，可以堪比电影《阿凡达》里的生命之树了。垂下来的大树须，貌似让闷热的城市，在视觉上有了一种被撑起来的绿岛假象，瞬间有了一股清凉之意。嗯，在接近午后两点，一天中最热的时刻，她竟被一棵大榕树折服了。

树木有一种传导能量的奇妙效果。想必，这也是有一些酷爱植物的人，终日醉心于侍弄、欣赏花花草草，而非热衷于股票、投资理财那些经济事务的缘故吧。

令她记忆深刻的一件事。有一回，穿过小区一大片被繁茂植物覆盖的区域，夜晚时分，分明感觉到那些被月光照射到的枝丫，以安详的姿态，像是伸出一双双延展至黑暗天空的触手，静默之间，仿佛在诉说着一个个悄无声息的故事。

植物给了她异常安定的力量。尤其置身在白天喧嚣的城市，去往闹市区采访后，她都会去到一个植物茂盛的地方，让那些仿佛会说话的精灵，将身体里积攒的躁动与戾气吸走、滤掉。

有时她一个人坐上地铁，去往北海公园。从侧门入园，到达北岸静心斋，在那个俗称"乾隆小花园"的地方一坐就是一下午。她喜欢这个地方的旧称，很久以前，还叫作"镜清斋"。一天傍晚，一个穿花裙子头发花白的老太太，叮叮当当，敲打着手中的脸盆，俯身喂食园里的流浪猫。李木子看见一只又一只肥硕的大猫，从四面八方的假山、亭台、石桥里蹿出，聚集到一起，场面甚为壮观。

她醉心于眼前的画面，时常忘记天色已不早，应该起身回家，回到"现实"中去，回到为了生计的工作状态里，整理录音笔中的采访、写稿、做版面。

对于大自然的流连忘返，不知从何而来。直到有一天，她清楚地听见心里的另一个自己对自己说：希望有一天，我能拥有一个小院儿，养狗养猫，种上自己喜爱的荷花与月季，也就心满意足了。

工作关系，她去过一些暴发户文化人（导演与演员）的别墅，他们确实拥有过硬的居住条件，也拥有上流阶层所珍藏的上乘器物，但木子一眼就能识别，他们富绰物质生活背后的精神贫瘠。那些精美的茶盏，那些雕花的中式紫檀木家具，那些怪石、水晶洞、手中把玩的核桃，并未流动出本应具备的光芒。

万物有灵。那些器物看上去更像是一块死木疙瘩，尚未在手中"养活"，没有在那个宽大的空间中，对房间、对主人投以该有的灵光。说来也奇妙，好像自己能感知那些不会说话的东西似的。然而确实如此，比方说一块石头，在人这副肉身不过百岁，而它却可以留存百年、千年，甚至上万过亿年的时间长河里，见证着物换星移，以此，似乎便也有了灵性。

精美的石头，是会说话的。

想必这也是曹雪芹借石著《石头记》的原因吧。一块宝玉，一株绛珠仙草。一些情深，一些还未还完的眼泪。在红尘俗世，生出一段传奇佳话。

于是听着那些植物似乎传递给她的低声细语，在懂与非懂、现实与虚幻之间，摇曳，清空与归零。

一次次，她就在外人视为的疯疯癫癫中，与杨开海过着美满富足的小日子。

小小的日子，过着过着，越往后，就会发现，过得，其实就是一种心情，一份惬意，一种舒坦。

如今，当俩人置身广州，从严格意义上讲，所抵达的第一座南方大都市，面对眼前大榕树的须子，竟一下子出神，思绪蔓延至无边无际。

或许她所拥有的，生活中所有的感受，从外界不断闯进来的感受，都根植于感受本身。也许是人所传递的气场，也许是一件不会说话的物件慢慢投射给她的能量。有时她想，如果有一天，将自己所写的文字拍成影片，一定不好拍。很少见到有导演能够将意绪的东西精准地还原。

那个叫意绪,甚至叫心绪的东西,它们在落笔之时,在冥想之际,在拨弄古琴,在对月小酌,在漫无目的地缓步行走之间,早已自然而然地内显。

气场是一股无法言说的巨大张力。很多人都爱提及它,大家已经把这个词用烂了。真正的气场,是一张巨大的网,透明的网,将你服服帖帖地罩住。而那些甘愿被笼罩的追随者,如圣徒一般,心花怒放,嘴角上扬着写不出来的醉人诗意。

于是木子回过神儿,精神振奋,对开海说道:"走!向前一直走!阿南旅馆就在前面!"

七

杨开海拉着行李箱,走在李木子前面。她走走停停,拍拍照照。写有"海珠桥"三个金属大字的牌匾赫然跃入眼帘。一座金属材质的大桥,钢筋与钢筋之间用大铆钉连接。她突然有一种错觉,好似置身澳洲布里斯班的"故事桥",而远在异国他乡的那座桥,也无非是仿照"悉尼大桥"建造。

杨开海实在等得不耐烦了,驻足,回头撑着一张被大太阳炙烤变得焦躁的脸,示意拖后腿的她快点走快点走,别拍了别拍了。

与身后按着叮当作响的自行车铃声的市民擦肩而过，他们几乎个个戴着顶部尖耸的三角形斗笠，无论男女，看上去身形都很瘦小，是那种骨架窄小的身板。肤色并不黑，这似乎不太符合在这个阳光毒辣的城市本应有的对于皮肤曝晒的影响。

人的元素闯入视线，在木子眼里，这些人文风情都是新鲜而又令自己精神抖擞的小确幸。除了天气湿热有点不适外，她觉得蛮喜欢南方的。

南方。

单这两个字就有一种黏黏糊糊糯米糕的口感。

而北方，这两个字，因为曾多年生活、读书、就业于此，总是不由自主捞出一种面条般的宽冷。

一个好似夏季，一个如同冬季。无论何时何地想起这两个词，她对它们都抱有一种根深蒂固的既定印象，这是一种想当然的错误观念，带着强烈偏执的个人色彩。这份偏执让她在做广州攻略时执意要住在一个名叫"阿南"的主题旅馆。

"阿南"坐落于海珠桥东北侧，下天桥扶梯即到。通体粉刷成蓝色的墙壁，被类似爬山虎的攀缘性植物所覆盖。竖排的"阿南主题旅馆"六个字，醒目地涂画在墙面。走到大门边，周围挂满吊兰。两张藤椅并行摆放在外，一只玻璃茶几，上面摆满大大小小的烛台。

旅馆大门，是竖长条的铸铁门，一整面窄长的落地玻璃镶嵌其中，180度推拉式的旋转门。闪进去，地上卧着的那只慵懒的白色混血波斯猫，用非常不屑的眼神瞅了俩人一眼后，打了一个哈欠，继续入睡。左边立着一只一人高的红白配的胡桃夹子。对面双层木架子上，密密麻麻堆放着数不过来的猫木偶。画满哆啦A梦、Hello Kitty（凯蒂猫）、海贼王、猫木偶等的涂鸦墙壁，让蓝色、粉色、绿色、黄色这些颜色，在冷气大开的前台空间，大放异彩。

是卡哇伊、小清新、还是美妙的童话世界？看着装修精美的"阿南"旅馆，木子的心闪过这些形容。然而它们都不是。

"阿南"是一座城堡。

当俩人办好入住手续，穿过迂回、狭窄、四周挂满上述主题卡通人物相框的墙面，走进105号"海贼王"主题房间，他们俨然不知，已经走进了一座城堡。

八

刷卡打开房门，扑鼻一股潮湿的霉味。墙壁主色调是亮蓝，满满一面墙画满海贼王。其中有一个长腿美女，装束暴露，木子下意识想，那或许是用来调情的画面。

房间带一个小得不能再小的"客厅"，放着一张双人沙发，精斑点点，总之不能坐就是了。见此状，木子突然后悔不已，瞬间从嘴里蹦出一句："法克特阿婆！"

法克特阿婆是她喜爱的一位女作家——棉棉，在书中经常用到的一个词。

这次广州之行，李木子带了一只iPod Classic，一本村上春树的短篇小说集《没有女人的男人们》，一些便携装的化妆品。杨开海几乎全程都在飞机上睡觉，不吃任何餐食，也不喝水，像是一只极度困倦了的猫，睡得昏天暗地。

对比潮湿不堪没有窗户的小客房，木子不由自主地想起来时的飞机上趴在舷窗远眺如岛屿一般的云朵。曾不止一次幻想过，飞机突然闯入时间隧道，经过神奇的虫洞，抵达另一个宇宙空间。

很久以前，有一个笔名叫"影子"的写作者，在网上写下一首又一首的诗。无人知晓，李木子就是诗人影子。

三十岁后，生活继续以太极的浑圆向前滚动，在每一次昏睡后，从内心深处，总会冷不防升起一丝忧愁。到底经历过怎样死去活来的反复无常，才换来如今这般看似淡然的心境？云之上，还是云。那心里面，是否也套着另外一颗心呢？

关上灯，105号房间如黑夜般暗无天日。走廊里播放富有情调的音乐，杨开海握住她的手，俩人因一路的舟车劳顿，沉沉睡去。

闷热、缺氧的房间让人像是沉坠在睡眠之海。

不知睡了多久，黑暗中，杨开海惊叫。坐起身，摸黑下床，来不及穿上拖鞋，小跑到洗手间，掀起马桶盖，哇哇地呕吐不止。

木子被呕吐的声音吵醒，揉着睡眼惺忪的眼睛，还没意识到发生了什么事，杨开海已经吐回来，虚弱无力，带着唉声叹气的呻吟，把自己蜷缩成一只猫，试图再度睡去。

木子看着他，不知所措，小心翼翼地旋开床边的台灯，摸索着上衣，蹑手蹑脚，趿上拖鞋，走出房门来到前台，跟一个染着黄毛的男生要了一只体温计，还有一些治疗腹泻的药。回到房间，给开海夹上体温计，用开海的叫法——试表。

他是北京土著，从小在胡同长大。那是一个叫西四的地方，旁边就是北京最为繁华的商业购物中心——西单。

木子觉得人生真的挺神：你看啊，两个三十多年素未谋面的陌生人，却在某个星宿运转的时刻，不期而遇。

这一定是那个叫作缘分的命运使然。

很早以前，木子曾搜过《推背图》。当初看不明白，虽然现在也不懂，但她清楚，人生，仿佛确实有个叫作"命运"的东西驱使着。

善良的人，的确会，并且始终会保有长久、持续的福祉。

开海闭着眼睛，吞下药片。试表的结果：体温37.6℃。身体的确在低烧。

我们可以用数字记录日常开销，记下等待一个人时漫长的时间，记录月之盈亏，甚至可以记下一具尸体被推进火化炉烧成灰烬所用的时间……却永远无法记录一颗受伤的心灵自我修复的时间，无法洞悉一个人的"心灵史"。

就在那一刻，木子凝视床头灯微弱的光亮，照射在开海那张唯美的脸，竟不知不觉流下眼泪。

那是感动的泪水。

今生今世，没有什么，比能够找到一个懂你疼你的爱人至关重要的了。

爱一个人，就像击掌。一个人伸出手，那个心领神会的另一半，纹丝合缝地与你击掌共鸣。

这，是李木子最为乐此不疲的结论。

于是，她一边凝视他的侧脸，一边悄然睡去。

…………

临行前，木子通过微信，问了几个来过广州旅行朋友的玩法，其实就是询问一些必吃、必玩的私人攻略。她在做文化副刊前，曾经在旅游版面做过实习生。对于专业的旅行内容，虽然没有太多发言权，但她想，当一个人或是家庭想要出门旅行，想掌握的信息无非是吃住行游娱购这六大类。然而，当你打开网页，好家伙，除了千篇一律的目的地介绍信息外，铺天盖地，都是冗长的赘述，生怕漏掉一丝一毫。试问，谁会耐着性子逐字逐句地读完呢？

木子说，如果我做旅行，就做那种所谓的"轻旅行"。一个目的地，简单列好必去、必吃、必买……这样一目了然的主题线索，大家平时那么忙，谁有工夫阅读长游记，因此你的信息必须是简明扼要的精华。

木子擅长内容策划，所以这么多年下来，她甘愿做一名身居一线的采编记者。即便现在大家都一窝蜂转做电商，她想如果没有打动人心的内容，那么多琳琅满目的App，充其量，无非是徒有架子的空壳。

瘦死的骆驼比马大。那些在新媒体大环境中垂死挣扎的传统媒体，继续用过硬的内容立足，虽然偶有忧心，但她坚信当某一天因为不可抗因素造成全球网络中断，印刷在报刊书本上的文字与图片，那个实体物品，将会永存。

在她安之若素的外表下，隐藏着一颗坚韧而有主见的心。虽然在平时不爱张扬，说话也不咄咄逼人，但她知道，世界上的人，无非就分为九种人格。对越熟悉的人，话反而更少。她在那样的人面前，可以全然地放松。反而面对初次认识的人，话才多，生怕冷场显得尴尬，于是便滔滔不绝。其实在骨子里，她的心里一直住着一个自闭的小女孩。

所有的纠结，每一个想不明白的时刻，都来自于人格中隐藏的对于世界的矛盾冲突。它们是悄无声息地憋在心底，以自我探索的方式，一一寻求答案。她说，完全可以用"泅渡"二字来形容自己面对那些困惑后的豁然开朗。因为，当那些死去活来的至暗时刻来临时，那些大哭之后次日醒来依旧得装作若无其事的样子去照常上班的伪装，那些冰冷、阴郁、无感与茫然，都一一和解与消散了。是的，就像是曾经两个老死不相往来的恋人，冰释前嫌，嫣然一笑，继续各自过活。

给她提供行程参考的两位朋友，一个叫Shirley（雪莉），一个叫Turbillon（特比龙）。为了表示谢意，同时也为了方便其他读者出行，回到北京后，木子把攻略原封不动地推荐给了旅游版的同事。写在Word文档里的内容如下。

Day1（第一天）：唐宁书店（中信国际公寓地下商场，半小时可以逛完）——购书中心（规模体量大，时间充裕可以花一两天逛逛，刚装修过，尤其是设计类图书那块）——方所（高格调，重文艺绝症患者的"灾区"，体量大，可待一天）——1200Bookshop（广州首家24小时营业的书店）——联合书店（闹市区难得的清净地）——广州图书馆（算是这个国际大都市唯一能拿出手像点样子的新图书馆了）——晚上可以顺路看看珠江新城CBD、广州塔，然后回酒店。

Day2（第二天）：陈家祠（一两个小时就能看完）——沙面（老城区保护得算是最好的一小块儿，里面环境很舒服，郁郁葱葱的大树，那里的"星爸爸"是广州最有格调的，没有之一！）——二沙岛的省美术馆，星海音乐厅（二沙岛晚上走走很舒服，毕竟是广州第二批土豪及军政集团的根据地，不多说了，你懂的，自己看着办啊）——华侨新村和淘金一带（闹中带静，广州改革开放首批归侨聚集地）——东山口及新河浦一带——歌莉娅（北京路文明路交界，也是闹中取静，民国旧居翻修过，具有现代韵味的历史感）——圣心大教堂——中大南校区（现在去看看不错，刚好毕业季嘛）——TIT创意园（微信总部所在的地方）。

Day3（第三天）：如果也想喝点小酒，可以去环市东101世界啤酒屋，他们的啤酒据说是自酿的，也进口一些很有趣的小众啤酒，环境也还不错；兴盛路那边也是酒吧街。小两口的话，推荐你们去太古仓一带逛一个晚上，舒服极了。记得晚上到广州塔附近走走……对了，在东山，推荐你们去一个私人会所，叫——韵。

九

天体，以有条不紊的秩序运行，当射线以看似随机的形式投射至一个新生儿时，他便有了属于自己独一无二的宫位。

轮回讲，当新生儿诞生前的瞬间，灵魂才进入胎中。开海不信神鬼，没有任何宗教信仰，踏踏实实地过日子，比这些有的没的思考重要。不过也奇怪，当他不顺时，也会不经意往"那方面"想。

烧终于退了，会不会这房间里有什么"不干净"的东西呢？他想。

当他在"阿南"再次呼呼大睡时，木子挎上相机去往外面散步。海珠大桥一侧的林荫大道，一个接着一个晨跑的人与她擦肩而过。她拿起相机拍下他们。她的心理活动很单纯：

要把这一路的所见所闻都记录下来。她的观察力细微至极，每到一个新地方，便以直觉感知他们的身形、长相。按照中国区域，都能归纳出一些自己的心得：比如，北京人，鼻底口腔处往外突出；东北人，牙齿爱外露；西北人，额头不太一样。因此到这南方，就觉得他们的眼窝深陷，五官有点挤在一起。男人说话的腔调，黏糊糊的。身形瘦削，体脂含量较低，很少见到壮实的，胖子就更少见了。女人身材更是苗条，但发质略显毛糙。

木子用双眼观察着他们，把他们一一拍到相机里，并在拍摄时想：多年以后，这些跑步晨练的人，会有多少这样那样的因由离开这个世界……

"离世论"，曾一度萦绕她脑海，似乎喜欢思考死本身。

如果一个人都死了，其他就都不成立了，不是吗？所有心酸的挣扎，尔虞我诈的心机，终究化成梦幻泡影。

木子也不信鬼神，原因很简单，假使真的有，为什么恶人没有遭受报应？但她相信人死后的"精神"能量，会以某种方式，像电磁波一样，释放到宇宙中去，跟水一样，被逐渐稀释掉。

世界那么大，人那么多，不同血型、脾气的人聚在一起，就说工作这件事好了，简直会发出"天啊！怎么可能！"这样的惊呼声。因此木子只能选择那种不用坐班的工作，少一些跟这个花花绿绿的浮世绘"过招"的机会。有一阵，工作不顺，心情不好，可能还有一些抑郁，就在日记本写下碎片式的感受。

《西游记》里取经路上遇见的那些妖怪，其实就是现实世界中所有恶的集合。无论遇到多少妖怪，都只会让善良更发光。

有些人把自己看得太重要了。见人说人话，见鬼说鬼话，做事不以理服人，反而以怨报德，夸大自己在集体中的重要性，觉得离开他世界就会停止不转。在一个严肃的社交世界，缺乏的其实是人情味。这样的人对待其他人的方式都是连哄带骗，甚至简单粗暴、说话张牙舞爪的。这样的人貌似有狂躁症。

比起沽名钓誉、虚荣心，没有什么能比快乐健康地活着，好好感受只有一次生而为人的这一世更重要的了！经常想，既然每个人到最后都会落个白茫茫大地一片真干净，那人生还有什么好烦恼的呢？！好好活着，珍惜如阳光雨露般干净的大自然还有健康的身体与心灵。

为了排遣烦恼，也为了寻找快乐，木子决定像村上春树那样去跑步。做出决定的那一天，正好是她三十三岁的生日。

耶稣受难死去的年龄是三十三岁，喜爱的作家村上春树开始跑步的年龄是三十三岁，卡伦·卡彭特因减肥过度而突发心脏病离世的年纪是三十三岁……三十三岁，说不年轻真的是不年轻了。三十三岁，倘若抛弃灵魂深处的那个黑盒子，世界瞬间重新亮起光来，其实也是一件相当美好的事情。

穿过街心花园，用拍立得拍下流浪猫，却瞬间觉得，人啊，真是命如草芥。她突然很想念开海，于是掉转过头，急匆匆奔回"阿南"。

回到房间，她脱下衣服躺在冷气大开的床上，将退了烧在熟睡的杨开海紧紧抱住。

叮当一声，墨迹天气的App蹦出"今天是小满"的推送消息。在没有去往任何旅游景点的广州之行中，在这个对他俩来讲已经炎热不堪的南方城市，在清晨稍显清寂而不想说话的宁静时分，李木子在心里竟清清楚楚地想起了关于小满的诗句。

东风染尽三千顷，白鹭飞来无处停。

于是，在这个湿漉漉的广州，在海珠桥边的阿南旅馆，在一片漆黑如夜的清晨中，她跟他，沉沉睡去。

人生苦短，根本没有时间留给悲伤。好好地爱吧。

每个人都是自己问题的答案

一

下雨时，就是天空跟大地在做爱。

下班了，我走出公司，戴上耳机，去往地铁站。

夏日炎炎，大雨前夕整个城市闷热而潮湿。这里是北方的夏天。

几乎每到那个时间段，就会迎面遇见熟悉的面孔——一个一边走路一边自言自语的瘸子；一个头发整得跟顶着一朵云似的娘娘腔；一个眼神坚毅面色却苍白的中年男人。其他的，就是一个接一个的路人，如潮水般涌动。

你跟这些没说过一句话的陌生人擦肩而过，在前行或掉头的方向，无论你愿不愿意，都会打一个照面。

然而无论如何，此时此刻，下班了。

下班了，就好。

这是一天中最美的时刻。

二

友庆已经一整天没有打电话了，这让她心神不宁。

早上出门前，她们又吵架了，但她执意让他给自己一个大大的拥抱。他们就这样和好，然后再吵，再和好……

或许伤到了元气，他们都吵疲了。

拥抱对她很重要，有时它像一轮大太阳，能融化心中各种说不清道不明的黑暗。它更像是婴儿在未出生前，倒着，蜷缩在母亲的子宫里，被羊水包裹下的安全港湾。得不到安全感的人是致命的，他们如同原罪般，在出生前被什么不可知论的东西深深下套或诅咒。你就想，胎记，大片的胎记，烙印在你的皮肤中，用力撕扯，却撕不掉。与心里疼、无奈，是一样的。

被友庆拥抱后，她才能安心坐上地铁，在漫长而又短暂的一个小时中，闭上眼，暂时什么都不去想。

她爱瞎想。瞎想会令现实生活变得失控。

三

昨天，是他们结婚一周年的纪念日。

她没有收到任何他准备的礼物，他也没收到她的。但她之前心里有幻想过收到礼物作为日后的念想。她喜欢"念想"这个词。这个词深情而又有某种悠长的回味。同时，这个词又好像是某种失去后的想念。

还没失去，就已经开始想念。

这是最近时常从心底涌出的可怕念头。

没收到礼物，算不上失望吧，只是有些小小的失落。后来，在吃甜品的时候，她再一次看见自己的快乐。她知道这快乐是他给的。一个肉身，一个肉身下爱人的心。

是的，他爱她，她也爱他，甚至比他爱她更爱他。

然后还有它，能让脑子里那个叫多巴胺的化学物质分泌多一些的药片。也正是这样，她的体重从九十五斤一路飙升至一百八十斤。当她彻底意识到自己已经是一只不折不扣的母猪时，为时已晚。

四

小三给友庆发微信时，她还在恬不廉耻地继续吃着高卡路里的冰激凌。当然，接下来就是你能想象到的质问、咒骂、厮打。骂到声音嘶哑，打到筋疲力尽。最后他说了声："给我他妈的滚蛋……"然后，摔门而去。

他去往球场。

快乐不快乐时，他都会在那里寻找安慰。这份慰藉有时比在艳红身上得到的还多。那时他还不认识她，每周打球四次。运动，出汗，感受到自己的存在。白天的推销工作让他在刁蛮的奇葩客户前备感压抑，但他有顽强的自控与消化负面情绪的能力。也正是看中他沉稳、踏实的性格，艳红认定了要和他在一起。

好男人少之又少。太多男人自私，软弱，好色。

那时艳红家里反对，不让她跟一个穷小子处对象。在南方，老家里的人都很势利。告诉她，要找个有钱的、工作好的，这样会让你少走些弯路，日子也不会过得太辛苦，能少遭些罪。

这些话反反复复出现在每周的电话里，直到艳红跟家人闹翻。她说："不劳而获的爱情长久不了。那时，其实也就是我，有着一颗天真烂漫的少女心。准确说，还有着一颗每天打满鸡血，随时准备去战斗的小心脏。这颗小心脏上进，坚定，不迷失。"

友庆说："艳红，你放心。我会给你一个我能给得起的未来。"

后来，不知从什么时候起，爱就开始变了。

是的，就那么一点点地变了。

友庆说："艳红无理取闹，简直不可理喻。"

艳红说："他不像当初那般细心，对她爱搭不理。"

他们共同的朋友石头说："作吧，你们就作吧。不作死我看是不罢休。"

那颗上进、坚定、不迷失的小心脏，开始接受现实的打击。然后情变，出现那个叫茉莉的女孩。每个男人都爱性感的小萝莉，每个男人都是。当有一天，她站在镜子前，看见自己的身材，像一只怪物照出来时，终于明白他为什么会变心了。

但她还是爱他。人就是这样犯贱。他开始背着她带小三购物，给小三买漂亮衣服和昂贵首饰。原因很简单，小三不会制造麻烦，准确说，不会制造情绪的垃圾。更准确地说，小三给了他跳过现实生活最直接的现实。他们在酒店过夜，甚至车震。艳红偷偷查过微信聊天记录，在某个刹那，心里就像掉进了冰窖，冷得不行。

她开始没有了自己，没有了自尊。就是跟他闹，每天都闹。

球队聚会时，她开始数落他的那些好朋友。不知从什么时候起，她变得脾气暴躁，成了一个人见人恨的疯婆子。有一天，在一个雨夜，她在iPad上看一部影片《松子被嫌弃的一生》。当那句话频繁地出现时，她泪如雨下。

原谅我，还活在这个世上。

这句话，让她哭成个泪人儿。

每个人都有困难，每个人都有心事，每个人都有烦恼。只是有些人善于隐藏，有些人喜欢逢人就说。然而你不觉得，爱是一个人唯一不应被分享的秘密吗？

离婚后，石头拍着他俩的肩膀说下了上面那些话。

听完，他们都哭了。

五

离开后，她才知道他对她那么重要。然而现在，她下班了，靠着一片片让多巴胺分泌多一些的药来维持身体里某些快乐的时段。她，是那么想他。所有的不好，都不记得了。其实，哪里有什么不好，跟他在一起的每一分钟，都是快乐片段。哪怕是那些鸡毛蒜皮的争吵，哪怕是那些猜忌、误解。一下子全都不重要了。是的，当初所有在一起重要的，全都变得不重要了。

后来，从石头的嘴里得知，茉莉也没跟他在一起。石头说："小三那种人，怎么会长久。今天能跟友庆，后天就能跟别人啊。"

她说："其实不是小三的问题，是我们自己的问题。"

"你知道吗？友庆和你养的那条狗死了。埋葬狗狗的那天，路上他没说一句话。三天之后的晚上，他在醉酒后一下子哭得收不住，还不停喊着你的名字。

"知道吗？你们不应该分开。无论当初有多糟，就是不该分开。

"其实男人就是孩子，没事要多哄哄我们。更何况，你那时做得也不对。"

六

夏日炎炎，整个城市闷热而潮湿。这里是北方的夏天。下班了，我走出公司，戴上耳机，去往地铁站。憋闷了三天的城市，终于大雨倾盆。于是，我想起这句话。

下雨时，就是天空跟大地在做爱。

就在闷热而充满人肉味儿的地铁车厢里，我关掉手机里刚刚看完的那篇小说。老公的电话打进来，说换到八号线告诉他一声，好做我爱吃的疙瘩汤。我挂掉电话，深深吸了一口气。耳机里响起张国荣唱的那句歌词。

风继续吹，不忍远离……

那年夏天悸动的心

男孩的白球鞋晃得我眼睛生疼。

这年夏天,我在上海。清晨的南仓街已经人声鼎沸。我在充斥上海话的嘈杂声中醒来,这座积聚了江南省份大多数外来人口的国际性大都市。我与这些流动的异乡客一样,被这座说起话来像是糯米团子一样甜甜腻腻柔柔软软口音的城市,以她固有的节奏,被裹挟着自动往前走。想必这种被时代情不自禁往前推着走的急迫与无奈,是身处每个大城市的人都应该体会过的吧。无论是此时此地的上海,还是刘柳所在的北京。

初识刘柳,还是四年前。那是一个热得透不过气来的午后,我背着吉他去上课,琴行隐匿在护国寺小吃街的一条胡同里,塞着耳机光顾着低头赶路,在只能容下几乎一个人穿行的狭窄胡同，被突然闯入视线中的一双白球鞋晃得眼睛生疼。一个穿白T恤、黑色五分短裤的男孩，晃晃悠悠，迈着外八字的方步站在我面前。

"嗨！有钱吗？"男孩将手拄在墙上，堵住去路。

"没有！"我斩钉截铁地回道，没有一丝一毫地犹豫与恐惧。

"那行吧。Go away（离开）！"他说。

"你才滚呢！"我回道。

"咦？行呀！厉害，知道呀！"他说。

"少废话，快给本姑娘让路！"我厉声道。

男孩能咋办，没辙，于是放开手，让我过去。

胡同特别窄，我只能侧着身，屏住呼吸，蹭着他的胸脯过去。还别说，这男孩可够结实的，别看穿着衣服显瘦，脱了衣服一定是那种有肉的家伙。"嗖"的一下吹来小风，带起男孩身上好闻的体味儿。我忍不住回头，又瞥了他一眼。等缓过神儿来，鄙视自己：王濛，你也是够了！

没有办法，谁让我是花痴呢。估计你、我都是一样一样的吧。

果不其然，吉他课迟到。一节和弦课，老师教了五个基本常用的，我只记住了C和弦。学会的原因，纯属是因为好记。

至于封闭和弦F，甭提按对，我连够都够不着。因为，我的手太——小——了！是。不是一般的小。我妈特迷信，在我十六岁成人之际，带我去算卦，卜卦的老太太上下打量我的手掌，连连摇头道："瞅瞅，这孩子，掌纹乱得唉，以后，命可苦着呢……"我妈一听，气质女秒变咆哮帝："胡逼说什么呢！什么命苦，你眼瞎吧！"

"我可不眼瞎……"算卦的回。

我妈这才消气，忘记这人还真是瞎子了。

"看你把我气得！"我妈李凤兰说。

"施主莫气！"算卦的说。

"不气个脑袋！"发泄完，往老太太身上砸了几张钞票。

那年头，也无非是几张十、二十、五十块钱面额的。我家不富裕，但也不穷。属于再普通不过的平常百姓人家。父母在我五岁那年离婚，我跟着我妈过。她叫李凤兰，平常不咋说话，没啥性格，更没什么姿色。梨形身材，冬天几乎只穿一件蓝呢子大衣，夏天从不穿裙子。

小时候的事我完全记不得了，留存在脑海里的，只是五岁那年夏天俩人不停地争吵，锅碗瓢盆稀里哗啦被摔得巨响。不过我没咋哭过，这也是后来李凤兰告诉我的。她说我简直跟冷血动物没什么两样，根本不像别的小孩爱哭爱闹。俩人闹得最凶时，也无法从我的眼神看出丝毫惊恐来。我的眼仁儿从小就黑，属于特别黑的那种。我妈迷信得要命，接生婆说这孩子来到世上是有使命的。我妈问是啥？她装神弄鬼用天机不可泄漏这句老掉牙的话敷衍了事。

无论是接生婆，还是十三岁给我看手相的老太太相继离世。李凤兰绝经后，瞬间变老。而我，在一天天长大，上班前，早已出落成一个深谙人情世故的女汉子。我把发生在周围的每件事都看在眼里：什么隔壁王家儿媳跟老公公有一腿，旧房改造工程时老陈家顺了不少装修物料，林家的孙子为了一个保送生名额给教育局领导送了不知道多少价值不菲的礼品……故事每天都在发生，比电影和小说都精彩。旧闻还未远去，新事就出来相继报到。大家争先恐后凑着热闹，生怕被这个俗不可耐的尘世抛弃。

说实话，这些啊，对我来讲，真是无聊透顶，但我也不至于反感。我不反人类，更不反社会，都是在这部庞大社会机器下讨生活求生存的平凡人。人类所做的对于这颗蔚蓝星球所有的好事善事，昧着良心干尽的坏事恶事，天上的太阳和月亮可都看得清楚着呢。

后面这句话，是我妈说的。自从跟我爸离婚后，她就一直没有再婚。神神道道，整天跟楼下那帮老娘们家长里短。

谁家的小孩要是高烧不退，就怂恿着人家要不要去看看仙儿，说什么狐狸、蛇、黄鼠狼，还有刺猬，可是民间的"四仙"。对于她的这些有的没的，我可真是够够的了。

离家。对，离开这个家，成为心底一个强烈的声音。

高中没念完，大学就更甭提上了。高二下半学期的一个周四晚上，我给李凤兰留下一张纸条，上面简简单单地写道——

你知道，我也不是读书那块料儿，所以决定去北京闯一闯。你可别来找我。保重！

从小到大，这应该是写给她的第一张字条。当别的女孩子风花雪月，矫情地写着那些酸不溜丢的日记而自我感觉良好时，我早就跟着摆早点摊的李凤兰干活了。放学回家，我啥也不想干。不想写作业，不想动弹。我特别讨厌上语文课，尤其特别讨厌写作文。与其说厌学，不如说讨厌老师和同学们。

可能天生长了一副扑克脸，加上女汉子身材，别人都不太敢靠近吧。什么婀娜多姿、小家碧玉、楚楚动人、泪眼汪汪，我跟这些词从来就没沾过边儿。

于是我坐上火车，从东北这座小城，只身一人，带着什么也没有的想法，出发，前往人潮汹涌的北京。

很多时候，当你还不确定干什么时，只要听从心底的召唤，鼓足勇气，干就是了。

到北京后，我什么工作都做过，所有你能想到的：饭馆服务员，家政月嫂，各种钟点工。接送过有钱人家的孩子上下学，在别墅区做清洁工被女业主怀疑跟她老公乱搞而没得到任何报酬便被驱赶。当时身上仅剩四百五十块钱，索性去租地下室。

地下室位于方庄左安门附近一家医院的B2层。时值夏日，户外大桑拿天，没有空调的小隔板间就更别提有多闷了。无论白昼与黑夜，只要关上灯，就是伸手不见五指！缺氧，潮湿，手机信号时断时续。在这样艰苦的环境下，度过最为难熬的三个月。

三个月后，成功入职一家公司人力资源部。做社保与公积金专员的助理。从实习岗位干起，工资低得可怜，但尚可维生。或许人生就是这样捉弄人，从来没想到要进什么公司，开始学着里面大多数年轻女生的穿衣打扮，从短发，慢慢留起及腰的中分长发。我的发质天生黑亮柔软，公司有个比较能聊得来的女生，大家都叫她Apple（苹果）。我英文发音超烂，就喊她名字的音译：挨炮。她带我逛百货商场，指导我的穿着。两人逛街逛累了，就去星巴克小坐。秋天，去阴雨蒙蒙的颐和园。冬天，去下雪的故宫。来年春天，再去玉渊潭公园看樱花。

时光"唰唰"而过，一年又一年。我从没有再回到过那个北方小城，只是偶尔给李凤兰打打电话，每次也就是分分钟的事，告诉她我一切都好。其实我和她太像了，像得可怕。所以分隔两地，各过各的生活，是再好不过的了。我们都不希望成为彼此的累赘与负担，我不知道这算不算是某种不孝，也不知那算不算是她作为母亲的失职。

不想念家与她。我没有家。我的家就是我自己。

或许天生不安分的性格，在公司做文员也是憋得不行。不知从什么时候起，跟"挨炮"学会了抽烟。每天上午十点和下午三点半，俩人几乎准时出现在二十一层的消防通道。她在别的部门当小领导，抽烟对于她算是家常便饭。歇一歇，缓一缓，解解压。一般情况下，俩人啥也不说，就是各自吞云吐雾。也有特别亢奋的时候，天南海北瞎聊一通。她曾告诉过我许多秘密，其中一个算是很重要的秘密就是她曾做过阴道修复手术，现在的宝马车是公司某位已婚领导送的。对于这些，我都守口如瓶，也丝毫不觉得诧异。对于这样一个长相与身材几乎完美无缺的女孩儿来说，这些事发生在她身上，发生在瞬息万变又无所不能的北京，不觉得有什么突兀。

这个时代不就是这样——靠脸蛋，拼颜值，卖姿色。要是能够拥有傲人的身材，再加上一些小情小调的才华，那便堪称金星老师眼中的"完美"了。

直到有一天，我俩友谊的小船说翻就翻。

那是在公司组织的海外年会上。四月，泰国芭堤雅人满为患，都是来过泼水节的游客。除了必要的公司活动，我俩大多时间就待在酒店的海滩：支起阳伞，吹海风，晒太阳。戴着太阳镜，盖着大浴巾，睡睡醒醒，醒醒睡睡。

有一天，在几乎无人的黄昏，当我睁开睡懵的眼睛，眼前这一幕可把我吓着了。我被她的亲吻给弄醒了……我下意识地狠劲推开她，说了句："别这样！"于是拿起掉在地上的浴巾，一路小跑，回到酒店房间。

回国后，不到一个星期，我办妥了离职手续。那一个星期，碰到她，我都是躲着走。

时隔两年，俩天因为工作需要，互加了微信后，她用"为何不再与她抽烟"为引子打开话匣子。我只回了她一句"因为抽烟的女孩很脏"。

那个加了微信，只说了一些话后，便再又不联系的人，就一直在那儿放着。是死是活，再也不清楚，也不想知道。想必，这就是所谓的江湖再见吧。

而此刻，当下，我正与那天在护国寺小吃街某条胡同撞见的穿白球鞋的少年，一丝不挂，躺在他高四复读租住的平房里。我们的对话是这样的："迄今为止，觉得人生最为遗憾的，是没有组一个乐队玩。知道吧，就是那种玩。"他说。

"感觉自己活得很不彻底。被现实揪扯着往前走。"我说。

"少年时，比现在还叛逆。爱穿奇装异服，根本就安静不下来。坐不住，心里躁得不行！"他说。

"眼瞅着岁数一年年大起来，再吊儿郎当下去也不是个办法，于是就硬着头皮找了份相对稳定的工作，混成现在这家公司的高管。这，其实也就够了。我这个人啊，其实也没啥大抱负。"我说。

"我首先得活下去。高考……恩，先考上大学再说。"他说。

"哪里有什么梦想！梦想，早就被梦给吃了。"我说。

"你一定想不到，我曾经有多胖。十三岁，一百八十五斤！直到突然有一天，我觉得自己不能再胖下去了。那天我低下头，看着肚子上鼓起来的那坨肉，你知道吗，就是用手轻轻一捏，那圈儿肥肉，简直令人想吐！于是我问自己：操！这是谁啊？还能再丑点嘛？！……于是我开始健身，从最简单的跑步做起。然后是器械，再之后便是跟现在差不多的每周至少一次的篮球。"他说。

"男人不能变胖！胖了就只能是男人了。你没见过哪个少年是胖子吧！我想，你一定懂。"他又说。

我回："恩，懂！"

我说："刘柳，你去文一条花臂吧。花腿也好。我觉得文身的男孩特别帅！"

他说："可我还是没考上大学的高中生呢。"

我说："文不文在你。我给你掏钱。你自己决定。"

他说："先把房租给我掏了。"

于是我没再说话，只是将嘴凑近他那薄薄的唇上，亲吻了许久……

夜晚，天空下起雨来，刘柳早已熟睡。我打开手机，塞上耳机，耳畔响起某个童声合唱团唱的《天空之城》。当我突然涌上一股难受的情绪，我竟然很想听一首《归乡曲》。是的，我开始特别想念那座似乎早已远去的北方小城。想念李凤兰。然后，不能自已地，流下眼泪。

次日天未亮，我轻轻起床，穿好衣服，把一万块钱放在男孩儿的书桌上。

四年后的这天，在比北京还炎热的上海，在清晨的南仓街，我低下头，一双男孩的白球鞋，晃得我眼睛生疼。

难过，再见难过

一

据说，天文学家为一片遥远的星云命名时，都是凭借观测到它的第一印象。一个罹患情绪疾病的脑子，会布满肉眼看不见的小孔。

二

今天，是小伊失业的第1323天。

天气预报说，北京多云，傍晚有小雨，最高气温二十三度，最低气温十五度。

这是一个没有吃午饭的下午，她稍微有些饿，但又不是那种特别饿。在特别饿的时候，她会用仿佛有一只大手从后面掏你的胃来这样形容它。

云层开始变厚变黑的此时此刻，她反而想要出门走走。至于去哪儿，其实并无目的。据说家附近，东边，有一处郊野公园，开满了一大片叫不上名字的紫色花海。要不，就去那儿吧。

刷牙洗脸，以最快的速度，把自己收拾好。一部SONY α7-3（索尼的一款相机），是去年六月在京都旅行时买的微单相机。跨好它，将猫咪关进放置在阳台的双层笼子里，然后出门。

下楼时，四楼正好在做饭。她闻见一股香香的炒菜味儿，突然感到一阵饿。

嗯，那只大手，来掏我了。她在心里对自己说道。一时间，手脚无措，又袭来阵阵困意，于是竟掉头，跑上楼，迅速打开门，连外衣也没脱，躺在猫毛肆虐的沙发，仰头大睡。

她做了一个梦。梦太长了，长得令人失去了回忆的耐心。醒来后，不知身在何处，被一种强烈的失落感包裹。这，应该是失业带来的心慌。

没意思，觉得干什么都没意思，是小伊近五个月来的真实写照。为了不至于感觉是在浪费时间，她总爱躲进厨房刷碗洗盘子。

有时，是放了两天三夜的咖啡壶。滴漏的玻璃壶里，剩下一些咖啡渣滓，连同壶底的斑迹，隐隐发出一股酸味儿。

懒惰，让这个旁人眼中的上进乖女孩，有了一部分游戏人间的成分。用她自己的话说"现阶段，我真的什么也不想做！只想看着窗外的风，是如何让这棵枫杨树，纷纷扬扬的百花落满一地的。你要说我好吃懒做，这跟咸鱼有什么分别，那你就说！"

破罐子破摔的小伊，沉浸在悲伤中，被一股呼噜呼噜的情绪，裹挟着，像枫杨树花，下坠。

三

心境不复以往，一连持续了几个月。

失业前，她还是一位轻轻松松的少女。虽然年近三十，然而无论从身形体态，还是内心世界，仍旧显出一身轻盈感。

面对悲伤，有人采取积极的方式，比如运动、找朋友聊天、胡吃海塞一顿。而小伊，选择酗酒。

她有N个理由解释每天为何非得整两口才舒服。

可是，试想一个人，从大脑到身体中的每一个细胞，整日浸泡在酒精中，那种晕晕乎乎的迷醉，对于滴酒不沾的人，听一听，都已经醉了吧。

　　厨房里，他又倒了杯酒。

她盯着这句话，不是一天两天了。它被放在美国短篇小说大师雷蒙德·卡佛《你们为什么不跳个舞》的开头。

酒不醉人，人自醉。更何况，还有挥之不去的悲伤在身后鞭打。难过的情绪，也在继续扼杀着身体。

每时每刻，都有人寻死觅活。有人选择坠楼，有人躺在浴缸的温暖水中割腕，有人解下自己的腰带悬梁自缢。死法从来不缺，缺的是活下去的勇气。许多人或许会鄙视地认为：连死都不怕，还怕活着吗？理是这个理儿，但一心想要赴死的人，心里究竟被什么控制了，想必也不是三言两语能够说清的。可能，就是着魔了。这时，很需要一个驱魔人。

小伊没去看医生，自然也就没有药吃。不厌其烦地煮咖啡，把咖啡当水喝。

咖啡粉的牌子叫金米兰。每次，将滴漏的咖啡原液稍微兑一层牛奶，待尚未混合，便"咕咚咕咚"像一只饮水的大牲口，迅速把一大杯喝净。

有些人为什么对咖啡上瘾？这个问题就像在问：为什么有人热衷于每天买醉，是一样的愚蠢。

喝酒，跟喝咖啡，关于上瘾这件事，异曲同工。

不一会儿，仿佛被咖啡因做了一组拉伸运动的脑神经，开始恢复运转。只有在须臾的片刻，她才感觉自己的心情是在轨道上。

脱轨的灵魂，已经多久了？

四

一天，在一个起风的午后，百无聊赖，躺在床上听一首名叫"Trampoline"（《蹦床》）的歌。她的英文水平一般，完全不顾及歌词，听着有一点鼻音的女生，附和着一停一顿欢快但又不那么吵的旋律，竟然下意识地跟着打起了响指。

这首歌，让她看见自己尚未失业前的状态——刚迈出机舱门，扑鼻而来，是热带国家潮湿闷热的空气。有花香，有当地身型矫健的男人黑黢黢肌肤喷洒香水后散发的复杂体味。她挺喜欢这股味道，甚至内心为之一振，一扫长途飞行的疲惫。

据说，阳光能天然治疗情绪病。友人曾建议，如果感觉不妙，干脆就搬去光照充沛的地方生活吧。三亚，甚至出国留学。

心底呼呼涌上来的一股浊气，无名之火也好，对自己窝囊的loser（失败者）人生感到无能为力也罢，其实都能用医学病症来解释。

小伊被诊断患有双相情感障碍。

这是一种如同南北两极与炎炎赤道，一寒一冷，高涨与低落，情绪会陡然交替的心理疾病。

轻躁狂发作时，删朋友圈解压。删了发，发了删。又发，再删。

说话滔滔不绝，思维如电石火光奔逸不羁。觉得自己无所不能，像神一般。可是，一个冷不防，便突然从高高在上的快乐天堂，瞬间坠入抑郁的黑暗地狱。

五

在小小的厨房，她把草绿色的案板，放在垫了一块儿白抹布的操作台上，认真切柠檬的姿势，令自己感动。

她在力所能及地跟那头怪兽对抗。

切好薄薄的三片，丢进瘦长的玻璃瓶中，倒好纯净水，提着瓶把，放入冰箱冷藏室。

十二年前，台湾地区作家李敖前妻、昔日琼瑶御用女星胡因梦，来北京宣传她离开大染缸般的娱乐圈，投入身心灵研究后，翻译史蒂芬·阿若优的《生命四元素：占星与心理学》这本书。在一家网站举办的一场线下读者见面会，胡因梦在给小伊签名时，听她诉说了经常会被难过的情绪控制的经历。胡因梦建议她，平时要多喝些柠檬水。

小伊把她的话深深记在脑海。每当难过袭来时，便比往日尽可能多地喝柠檬水。春季，新鲜柠檬甫一上市，便两个两个地买回来。一刀一刀地切，一片一片小心省俭地用，将剩下的用保鲜袋封好，放入冰箱以备再用。

几年过去，小伊的病并未见好，但喝柠檬水的习惯延续至今。当她知道创作《哈利·波特》的J.K.罗琳，用摄魂怪来比喻自己曾饱受抑郁的折磨，她觉得自己并不孤单。

有些人，很可能天生就是抑郁性人格。如此一来，反倒释然了。

六

我不想朝九晚五，不想看人脸色，不想跟个机器人，傻愣愣地一坐就是一天。

她在心底总是涌出这个声音，这几天越发地强烈。她忍着，对谁也不说，反戴着鸭舌帽，就像此刻一样，盯着再次掠过眼前的蝠鲼广告，如常，坐地铁去上班。

小伊未曾想到，缓解症状的良药，不是咖啡，也不是柠檬水，更非酒精，而是地铁里的海洋广告。

那天，早高峰，地铁十号线，隧道里的电子屏幕，一张张禁止捕杀野生蝠鲼的公益广告静帧画面，在列车急速地行驶下，被串联成一段段连贯有序的动态影片。

她望向玻璃窗，不知道隧道的纵深长度，夹杂着眼前正遨游于蓝色海洋中的巨型蝠鲼，只觉内心怦然心动，好似被这个其实并不太熟悉的海洋生物，突然唤醒了身体里死死沉睡的部分。瞬间变得豁然开朗，思绪也随之拉近又及远，远到如同自己真的潜入深海，抬头望见阳光照射到洋面，斑驳的光线舒展开了久处冬眠的身体。

她察觉到，身体似乎自己想要好起来。

入耳式耳机播放着没有人声的电子乐。这种音乐在开始时往往缓慢，一点一点调动人的情绪，之后开始叠加不同音轨，节奏也逐渐强劲，然后具有一种振奋神经的力道。虽然整体感觉总是在重复某些段落，但听得人舒服，好像一双大手正给心脏按压，并掏一些东西，似乎在说：嗨，接住！给你，全都给你。

七

出地铁，要步行八百米。在通往公司的这段路上，除了行色匆匆赶去上班的人群，就是躺倒在地面静止不动的乞丐。有时是一个白发苍苍的老太太，有时是一个破衣烂衫的老头。除了性别不同外，他们身边大都有一两条小狗相伴。碰上某天起床感觉不太明朗的心情，这短短的八百米，看着乞丐和小狗，就是莫大的安慰，比往胃里猛灌一大杯咖啡都管用。曾几时何，望着与她一晃而过的老人与狗，突然觉得他们很可能都是菩萨变化的，就像小时候看《西游记》，几位菩萨变成珍珍、爱爱、莲莲三位美人，试探师徒四人取经的决心。

那，她有什么决心呢？或者，自己究竟为何这么闷闷不乐呢？

她很想给每次碰到的乞丐一些钱，哪怕是从屁股兜里随便摸出几毛钱硬币扔进碗里。但她没有一次如意过：一、兜里没钱，又懒得从包里翻；二、当着大庭广众施舍竟觉得难为情。碰见熟人会觉得自己很装×吧。这样想后，每次都作罢。

她的确是想多了，太在乎别人的眼光。在社会生存，就是要跟喜欢的不喜欢的各色人打交道啊。情绪不稳时，就像个几岁的孩子，甚至连孩子都不如。

据说，从一个人的眼神，就能看出这个人是不是患有情绪上的问题。

在一段时间莫名其妙感到不开心，无法投入到工作状态。在地铁上，从自己的身体"晃出来"，看着自己的这副皮囊。

她看见一个女人，坐在电脑前，一坐就是八小时，像个傻子似的，呆呆傻傻地面对着显示器，如坐针毡，跟上刑似的。

对于程式化工作的反感，从上班之初就初见端倪。小伊一直想离开。是的没错，离开。至于离开后去哪儿，做什么，能做些什么，一概不知。对于二十九岁的她来说，还从没有深思熟虑地考虑过这些现实问题。折腾折腾吧，她在心里对自己说。直到有一天，她像拿破仑发现新大陆一样雀跃：是该好好思考一下未来的人生了。

一有压力，她就胃疼。中午有午睡习惯，一个人，把自己反锁在关了灯的小会议室，拉下遮光布，关掉排风扇，趴在狭长的会议桌上小睡。

睡眠轻轻浅浅，有时伴随无名的心悸突然惊醒。更有一次，被昏天暗地的梦魇深深压住，在一声声试图呐喊却久久发不出声音的反抗中，跟许久未被侵袭的"鬼压床"较劲儿。当最终挣脱恐怖的黑影，仍旧在惊魂未定的恐惧里平复难捱的心绪。这个在医学上被称为"一过性脑缺血"的病理解释，在她眼中具有并不认同甚至带有神秘主义色彩。她认为，鬼压床是身体这部机器不小心接收到了漂浮在空间中的"游魂"信号。

经过这次久违的鬼压床，竟然歪打正着给了她灵感。想，在这个地球，最接近神明的地方，最自由自在的地方，是哪儿呢？

不知不觉，脑海里很自然浮现出了两个字——西藏。

风景扑面而来，感受不断往外涌。车子在鲜无人烟的公路上开得飞速，按下车窗，呼啸的山风倒灌进来。司机在车里放着藏语歌，有时又换成没有歌词的电子乐，鼓点砰砰地令心脏震颤，匹配着高速行驶的车轮。人，车，心，仿佛浑然天成融为一体，跟这个靠近天空、云朵与神灵的圣地紧紧吻合。

天空中，每天的云都不一样。这，就叫作无常吧。

小伊喜欢这句话。旅行带给她视觉上的享受，更有心灵上的震撼。在泥泞、湿滑、寒冷的道路与天气里，喝酒不再具有取暖的作用，反而会让人有一种自毁式的沉沦。

八

多年以后，小伊在旅途中已不再喝酒。后来，就连咖啡也戒掉了。

寂寞男孩俱乐部

一

大雾笼罩下的北京，像是意味深长的梦境一般虚幻。

拔地而起的一座座高压线塔，在萧条的空地中显现出戏剧舞台的置景感，真实却刻意。远处的几架，掩映在更加浓重的雾气之中，轮廓模糊不清，只能看见拽紧的高压线，像是被橡皮擦了一般，若隐若现。电能通过长短不一的线缆彼此连接，抵达这座超级城市的每一个角落，我想，也包括我的寂寞男孩俱乐部。

电流，让黑胶唱机上唱臂被抬起的密纹唱片无声转动，连接着冬季、酒精与无人知晓的心事。

接近傍晚，在密闭的窗前静坐，车子、人、突兀的高楼愈发显得寂静无声，很像宇宙到处被看不见的暗物质填满一般，一片死寂。没有声音惊扰的时刻，仿佛岁月果真静好，种种心酸挣扎，连同身为北漂一族伤痕累累的个人奋斗史，与喧闹却被窗子隔绝的城市，巧妙地融为一体。

这是我的必修课。一个人时，常常独坐灯下，或是透过玻璃窗，眺望被分隔出来的外面世界。黄昏变得凝重，近处高压线上落着几只麻雀，寸草不生的工地，看不见一条人为辟出来的路径。隆冬时节，心境跟随大自然的温度像是处于冗长的冬眠，显得并不怎么高涨。天空与大地知趣地都不发出声响，就连齐飞的鸽群，好似也被按下了静音键。

我从二十二楼望出去，想象自己正驾驶一架平稳悬浮的巨型飞碟，窗外的星球，一切都寂然不动。

十二月三十一日，今年最后一天，我没有理由不在自己的俱乐部举行一场跨年party（聚会）。不收门票，入场券是故事交换：所有前来的客人，必须讲述自己认为最为寂寞的一个故事。然后零点整，在新一年到来之际，我将启动低调的俱乐部挂牌仪式。其实，牌子是没有的，准确说清晰刻有店名"寂寞男孩俱乐部"的广告牌是不存在的。然而，就在赭石色的墙砖上，如果你瞪大双眼，就会找到藏在砖缝间隙的四个重复排列的英文字母：D-O-N-E，D-O-N-E，D-O-

N-E……

作为俱乐部的英文名称"DONE"，并没有单词上的字面意思，它很像是一种专为心灵匹配的意译，你可以赋予它任何开放性的含义。

它隐匿于这座城市的北郊，一栋商住两用的塔楼顶层。打算开一家俱乐部的想法由来已久，只是一直裹足不前，觉得私人俱乐部总会让人想歪，带上那些根深蒂固的偏见。但，开了，也就开了。没有进行任何传统意义上的宣传，所有的营销推广都是通过社交媒体与来过的客人口碑相传。

白天，我有一份稳定的工作，在一家商业网站做内容编辑，与大多数上班族一样，过着朝九晚六的生活。不知从何时起，我对这种生活开始厌倦，真是过腻了。

一天，午觉醒来，当我在网上看到人死后被火化的图片时，被吓得目瞪口呆。一种灵魂被触动的激灵，让我必须开展一项切实有力的新事务，来抵抗突如其来的绞痛。我并非怕死，却害怕人生在世活得不够带劲，且不具备自己认可的意义。想了一圈，到底能再做些别的什么来填补内心的空洞呢？突然，心血来潮：要不就开一家俱乐部吧！但是没钱，也无人投资，怎么办？索性，干脆用这套租来的客房，让它在夜晚变成安静的Club（俱乐部），成为日后被那些漂亮男孩称作"寂寞男孩俱乐部"的私密小酒馆吧。

是的，这是一个只欢迎男生而且几乎也只会有男生光临的俱乐部。

雾霭中的模糊城市，原来是在迎接新年雪花。就像那片空地，正等待房地产开发商建造楼盘。如同一觉醒来，神不知鬼不觉突然出现的麦圈，以无限符号"∞"的形状，非常突兀地圈在那儿。

客人不多时，我便隔着这道切断一切声响的玻璃窗，眺望远处的荒地。两个晃动的小人儿勾肩搭背，向足球场走去。走着走着，突然就不见了。他们是刚刚来过俱乐部的客人——Mao（猫）与晴。

<h2 style="text-align:center">二</h2>

向我讲述这则故事的是一位九十多岁的老妇人。

Mao，二十六岁，个子高挑，身高近一米九，体型修长，理着圆寸，下巴上留着碎且齐整的胡楂。他在北京最好的大学念书。然而，自从考上硕士后，就没再好好上过一天课。中间，有半年时间去往瑞典做交换生。现在，正忙于做毕业论文。晴比他小五岁，高二辍学。他和她，都曾在我所工作的网站实习。

十九点以后的五道口有一种异国他乡的错觉。这是北京屈指可数散发出青春活力的地带之一。附近几所高校在这里扎堆儿，中国最知名的学府清华、北大也隶属这片区域，几家知名商业互联网公司的办公大楼在此拔地而起。混杂着老外、海归，清新、热辣养眼的帅哥与美女令人目不暇接。

晴作为北漂一族，自高二与家人断绝关系后，便来到这座从不缺少人才的北方大都市谋生。与其说谋生，不如说她早就看清了残酷的生活真相。

地上的彩色粉笔画，被薄薄的一层初雪覆盖褪了色。仔细辨识，原来是笔触笨拙的飞机格。这应该是小孩子们乐此不疲的把戏。

足球场无人运动。球门后兜着一定会漏风的白网。一根孤零零干枯的树枝，躲在一棵粗大的杨树后，从冻瓷实的地面，依旧坚挺挺倔强地冲向天空生长。没有风，但很冷，只能把拉锁使劲再往上拉一拉。虽然知道这个动作是徒劳的，但它似乎能在心里稍微抵挡一下冬日的寒冷。

我接过老妇人递给我的一张相片。一个女孩，站在盐田的正中央，灿烂地笑。

与照片上十一岁神采奕奕的样子不同，如今，她时常面露倦意，头发也愈加稀疏。早已不复往日那般乌黑浓密的头发，犹如被火燎过的绒毛，与勉强被意志力撑开的双眼一道，整个人尽现老态，动作颤颤巍巍的。

她已经九十四岁了。是真的非常老了。当她张开嘴巴，打开喉咙，用有气无力的声音缓慢地发出一个"啊……"字，是在询问？是终日昏睡后突然惊醒？那一声没有任何来龙去脉的干瘪嗓音，就像是一棵成了精的老树，浑浑噩噩，在天地间沉闷地辐散开来。声音拖拽着臃肿的身体，早已没有了后坐力，仿佛像一盏摇摇欲坠的烛火，随时都有可能熄灭。

这一坨有着相当重量的肉身，曾经，也是婀娜多姿。像羽毛，像蒲公英，像自由自在飘落的雪片。如今，她的灵魂被这副用旧了的皮囊困住，它们早已不再并行前进，用非常轻盈的步伐。与此同时，她的记忆也被锁住了。许许多多的往事，她都不太记得了。比如，四月的泡桐花树，或是六月的蜀葵。它们哪个是紫色？哪个又是粉红色呢？

她要调用空洞的眼神，愣上好半天神，兴许才能在心底的抽屉柜里，找出珍藏着的花朵与斑斓的色彩。

老妇人继续讲着她和他的故事——

从西藏回来后，晴觉得哪里不对劲。不适先从脑袋开始，情绪持续低落。之后，有一种心里被掏空的感觉。起先，以为是季节性抑郁。很久以前，她知道一个词——PTSD（创伤后应激障碍）。它并非悲伤之意，而是一种心理疾病。那时，还觉得患上这种病很酷。

晴从小就有人际沟通障碍，这个被称为"季节性情感障碍"的疾病，在本是春暖花开万物复苏准备迎接新生的时候不合时宜地出现了。最初的症状，是无法有头有尾将一件事做完。有一天，在用洗衣机洗那些攒了一周的脏衣服时，因迟迟无法将洗完的衣物从洗衣桶里取出挂上衣架晾晒而在卫生间当场崩溃。她并没有大哭，而是非常吓人地摔东西：洗手液，从腾冲出差带回来的用火山泥制作的香皂，洗面奶，沐浴液，甚至电动剃须刀……其实这些都不可怕。可怕的是她在爱人面前将这些负面的暗涌隐藏得滴水不漏——照旧在Mao回家前，做好饭，把水烧开，摆好碗筷。之后，他们一起面对一台大电视，边看边吃。有时是异常吵闹的婆媳剧，有时是与真实生活相去甚远的穿越剧，然后一起对经不起推敲的情节与无聊透顶的桥段哈哈大笑。

晴问Mao："你为什么能这么坚持看自己不喜欢的电视剧？"

他反问道："那我们为什么还要这样坐在一起吃饭、看电视呢？"

三

记在备忘录里的文字不翼而飞。就像慕名来到"寂寞男孩俱乐部"执意要给我讲述故事的老妇人，像是被切断高压线的电流，全息投影的信号突然终止。

那是一大段用手指打在手机上的关于明永恰冰川的自然描写与心理感受。文字消失的那天我并未马上有所察觉，反倒事后，当意识到一段长长的文字已经不复存在，长之又长的反射弧才开始传递沮丧的信号。在晃动的地铁上以非常流畅的思绪记录下来的文字，彻彻底底消失在了这个有形的世界。或许，有朝一日它还会在我的脑海闪现，但丝毫不差的重现几率应该为零。

宇宙中，总该有一个绝对法则支配着全局。最近的思考，是有关真空包裹着空气的奇妙之处：地球被大气层所覆盖，然而这颗悬浮在太空的孤独星球，却深藏于处处被逃逸掉的空气的真空内层。

俄罗斯套娃似的嵌套层级让人着迷。

曾经有一段时间，三个月，还是半年来着，我不能够读，也不能够写，甚至不能够移动。在上班早高峰拥挤不堪的地铁上，有几次，我都使劲憋着要把紧贴在我胸前抑或后背的乘客狠狠推倒的冲动。为了避免在地铁上几乎要晕厥、抓狂的行为，我决定早睡早起，搭乘首班地铁，在人们还沉浸在睡眠或是刚刚起床洗漱时，早早到达公司。每晚，我十点躺下，关上灯，按下摆在双人床另一侧的音响，伴随一张唱片入睡。有时一首歌还没听完，便已安眠。有时一张播完，还没有丝毫睡意。后来，自然醒的时间越来越早，在靠近生日那几天，大约三点半，几乎就会自然睁开双眼。醒来后就起床，唯独不开灯。拉开窗帘，把纱窗拉开一道缝，让外面凉爽的空气进来。深呼吸，让自己变清醒。

即便早睡早起，我也没能让自己的身心处于一种良好的状态。专注力的丧失，快得惊人。睡前洗澡，站在花洒下，用手机播放Lana Del Rey（拉娜·德雷）的*Born to Die*（《生死相守》）专辑，在早春寒气依旧逼人需打开浴霸取暖的浴室，一个淋雨足足可以洗一个小时或是更久。为了与职场上大多数人患有或轻或重的拖延症有所区别，我将这种对于时间逐渐产生无力感的状态称之为"时间丢失症"。因此，在一整个几近荒废的春天，在等待好像春天迟迟不来、树不绿花也不开的四月，我的心异常躁动不安。然而，每当凌晨醒来，面对依旧淹没于黑暗中的楼群，看着天空一点点由暗黑变成深蓝，再由深蓝变成浅蓝，在东方上空泛着的那一抹红白相间的霞光深处，有时看着看着，就忍不住掉下眼泪。唯有那时，才是一天中最为安定的时刻。一个人跟天地一同苏醒，对这个世界心存感激。很多时候，都能够洞察出像是语文课所说的那个修辞——通感。在彼时彼刻，与天地融为一体。

当天幕拉开，由黑变白，包括你自己在内的所有众生，都已经开始站在地球的这个大舞台，戴上一张张不同的面具，变换丰富的表情与捉摸不透的心，开启新一天的表演。

我的一天，从早醒、认真观察窗外的天空、诵经（有时是纯文学阅读）、洗澡、与一只养了六年的猫咪道别、步行十分钟到达地铁站、在车厢哐当一个小时、出站步行八分钟抵达公司开始，在一系列繁忙而琐碎的工作中展开。

作为一名在门户网站工作时间"长达"两年的内容编辑，上班族的日子已经超负荷消耗掉了自己体内蓄存的能量。写到这儿，你一定以为我会辞职啊、去自我放逐啊、不管不顾地浪迹天涯啊……不，你错了，我并不会没有责任心地为所欲为。我不相信天下有免费的午餐这回事，不相信被媒体鼓吹与包装出来的旅行者浪迹天涯的经历。我一直在想，那些给他们拍出美美照片的摄影师，究竟是他们的合伙人，还是爱护他们的恋人？一切都在假象中呈现，传播，被放大。我不相信这些所谓的真实，但我相信那些文字与影像背后人真实的心地。种种动机，都指向无以名状的精神层面。人有万千，性格种种，但其实，殊途同归。

蔷薇花期将至的五月，我的内心有一个格外巨大的声音在不断地呼唤我：去西藏，重新回到那儿。是的，"去西藏"这三个字，就像是一个挥不去的召唤，在心底深处不停响起。

一年前，为了一个广告案的项目执行，第一次来到西藏。我们的线路是丽江——塔城——香格里拉（独克宗月光古城）——奔子栏——梅里雪山——明永恰冰川——德钦——盐井——竹卡——左贡——然乌——邦达九十九道弯——米堆——波密——通麦——鲁朗林海——林芝——工布江达——拉萨。除了起点与终点稍加熟悉（其实也只是停留在对这两个地名大体知晓的层面上），之外的那些地点，无论从字与字的组合，抑或是发音、叫法上，都令我这个爱咬文嚼字的人兴奋不已。这些被普普通通一个个孤零零的汉字组合而成的词汇，因始终盘旋在脑海中的"去西藏"这三个字，带有了一种殊胜、庄严的分量。看到这些地名，你会喜欢哪一个呢？对我自己而言，这些地方，我都爱。如果你果真也去过西藏，准确说，以自驾或骑行的方式走过滇藏线或是川藏线，你一定不会认为我在夸大其词。有些地方，无论被提及、曝光多少次，都无法磨灭那熠熠生辉的光芒。西藏，便是其中之一。

此刻，当我顺着时间的河流，用键盘敲打出这些一个个从白花花电子文档蹦出来的中文字符时，都在脑海一遍又一遍地追问自己：你，确信做好要写西藏的准备了吗？那个忐忑不安、唯恐将她误写而在内心乱蹦的小兔子，一直搅扰着我的自信。一年来，所有对这个神圣之地的怀念，都是自己投射在那个有着蓝天白云星辰密布圣土的贪恋，被她的大美而深深折服。

离开俗不可耐的城市，来到这个靠近天空与神灵的净土。往生的，在今生今世中蜕变重生。在脱胎换骨中，有足够力气，用饱满的精神，重新审度先前不堪入目的每一日：疲惫，无力，顺受，麻木，死寂。曾经那么一个有灵气的孩子，在踏入社会工作以后，逐渐变得深谙人情世故，学会了察言观色、八面玲珑。可悲的是，他以为这些改变都是好的，以为学会了游刃有余，可以按照自己的意志掌控一切。他并不知晓，世间万物，从不以一个微不足道的个体意志为转移。他以为每个人必须围绕他运转，以为每件事的结果都如己所愿。种种膨胀起来的贪欲，在意淫自嗨式的陶醉中，一股脑地坠向拉不回来的彼岸。彼岸并非通过端坐在一叶扁舟怡然自得沉稳渡过，反倒与贪嗔痴为伍，在丝毫觉察不到的躁狂中，将自己的疯狂放大至极：以为这就是美的、艺术的、无以言表的，他从未想过"天空中的云朵每时每刻都不一样这就是无常"的道理。他不相信无常。他相信永生，相信幻觉，相信年轻的身体和张扬的灵魂。他以为自己永远不会老去。

四

由北京飞往丽江的航班在暮色中降落。我举起手机，拍下这座向往已久城池的第一张照片。此次出差，是为一家全球知名电子品牌推出的新款手机，让旅游达人在风景大美的滇藏线，做好产品实时拍摄展示。

两位"伙伴"与我同行——出镜模特晴，男摄影师Mao。三人将度过为期十一天由云南至西藏的转山之旅。

华灯初上，导游和司机已在机场出口等候多时。长发飘飘的晴被藏族小伙儿献上哈达。Mao东张西望，显然对迥别于北方的温度、植物，以及空气中散发的香气倍感新鲜。

导游趁大家不注意，向晴抛了一个媚眼。身穿一字领蝙蝠衫露出漂亮锁骨的晴心中一阵冷汗。她何尝不明白这意味着什么。初来乍到，一座尽人皆知的艳遇之城，暧昧与泛滥的荷尔蒙充斥在大街小巷。拖着行李缓步走出机场的当下，她被心口瞬间袭来的阵痛难过不已。

没当模特前，她是一家外企的前台。人长得漂亮，性格爽朗，爱开玩笑的男人给她起了个外号——傻大个。高挑的身材，看似没心没肺的个性，让她收获不少男人缘。令谁都意想不到的是，在她看似大大咧咧的性格中，竟如同深海般藏着一个知名网络写手的身份。她为自己的双重身份兴奋不已，甚至说痴迷。她滴水不漏，不动声色，一如既往让旁人只觉得她是个胸大无脑的美女。

无人知晓，长久一段时间，她写不出一个字。她经常想起一句话：慎用天分。她觉得自己对于文字的敏感已经降为零。才华被挥霍殆尽，穷途末路让她万分沮丧。但没有办法，她只能接受老天夜的当下安排。她变得自暴自弃，破罐子破摔。直到有一天，一个比丧失写作能力强百倍的刺激降临到她的身上。

一次例行体检，化验结果极其出乎意料，简直是五雷轰顶。她被检查出感染肛周尖锐湿疣。这一消息让她猝不及防，如同判了死刑一样。恐惧、惊慌、不寒而栗的颤抖摧残着她本就经不起打击的心。打那以后，几乎夜夜被噩梦惊醒，醒来后再无法睡去，就坐在床边怔怔发愣。那是一种无法言说的苦楚。整个心近乎被掏空、掘干。以前她听过一个词——意识消解，不知此时此地的她是否正在亲历。那种与真实世界中断，因过度伤心而产生的精神逃逸、恍惚，直至扩散成为一道空气。她感受不到自己的存在，仿佛是被遗弃的一个罪人。这个自己，脆弱、消极、一触即化。她已然不能够再成为一个完完整整的人了。她怎么也想不起来自己是如何染上的，何时何地？跟谁？

五

在潮湿阴冷接近傍晚的下午，抵达梅里雪山附近的高原客栈。跳下车，回望来时的路途，站在山巅，面对白雾茫茫，观望隐藏在山谷中的高山杜鹃花海，白色花瓣，在细雨中招摇。交错的经幡围圈着敖包。与世隔绝的此地，透露出静寂虚空之景，给予都市车水马龙与奋斗厮杀的现实重重一击。倘若无对照，便不会知晓哪里不对。所有以前认为重要的，当下觉察已不再重要。所有的斗志都在与天地的相连中式微消解。

在盐井。黄色江水滚滚滔天，巨响回荡在空无人烟的天地，岸边架起晒盐的木棚。太阳毒辣的正午，反而有股飕飕凉意。江水令人生出庄严之心，甚至畏惧感。突然想到《西游记》通天河里的水妖，而此刻更多是带有空旷无言的敬意。整个靠近心灵的旅程，一路高山流水行云，如有神明照耀，心怀感恩。

一股土腥味儿扑鼻而来，隐隐绰绰，前方晃着五个人影。靠近后，彼此相互打量，带着各自的好奇，唇齿试图蠕动着打招呼，却因各自的羞涩而缄默不言。倒是两个孩子，用爽朗的笑声，先打破了沉默的尴尬，一边看我，一边古灵精怪将瘦小的身子藏在三个壮实的女人身后。她们仨开始用藏语交谈，一直看着我，眼神里有如太阳的温度。暖流在我身体里流窜。除了彼此无言地相视，便只听见气势磅礴的江水拍岸而逝。

"你叫什么名字？来玩吗？"其中一个梳着辫子的小女孩儿问我。

"嗯，来旅游。"我笑着回答。

她拽着自己的花衬衫，闪躲道："能给我照张相吗？"她指着我胸前挂着的相机，说完，将手指害羞地含在嘴里。

"当然！"我应声，用手比画，示意她出队，让她站在身后盐田的正前方。取景框里，是女孩拙朴的憨憨笑脸。

"你一定记得把照片寄给我！"她嘱咐道。

"一定！"我回。

"要是你不寄给我，我会去找你的！无论天涯海角！"她比画着手势道。

继续上路。车前反光镜中，映出一张张面露倦意的脸。持续颠簸的路途，让每个人用各自的沉默，来抵挡身体里出现的强烈高反。

天色渐渐暗下来。寂静的雪山，如屏障，将我们与喧闹的人世间阻断。融化的雪水沿着山脊缓缓流淌，汇聚到一面发出冷光的大湖。面对眼前晃动的苍茫雪山，在仿佛没有尽头的天路，我，想起了她。

她是个哑巴。

我们通过一个软皮笔记本上一页页触手可及的纸，用铅笔写在上面的字，一个个心领神会的眼神，甚至彼此向空气中悄悄挥发的体味，进行着一次次无声的交流。

美在心中。

她将这句话竖着写在橘色的本子上，我端详它，不出声地品读。

给她拍的那张照片根本就没有洗出来，回到北京后，我把这件事忘得一干二净。

冬天的午后，鸽群在污染严重的空中振翅飞翔，几乎没有思想的生物，过着与人类迥然的生活。我竟开始有些羡慕它们的简单。有人的世界，就有江湖。在人与人的关系中，亲昵、绝交、失去联系。

父亲说过："我都六十二了，我怕谁？我谁也不怕！"

这样的话，带有看透人情冷暖，戳穿人际关系一团虚假和气的挑衅意味。他说得并没有错，只是二十几岁的我，还无法像他那样敢于揭穿，无法与这个世界撕破脸。我只能暂时用持续而不知疲倦的工作来麻痹自己。

年少时，觉得自己就是一切，是与众不同的。稍大一些，习惯将人划分群体，只跟自己对心情的人玩。看不惯的人，蔑视并且远离。参加工作后，发现，周围满是你不喜欢的家伙。慢慢地，你开始与这些人交际，也会装孙子寒暄。你只是不知道，是自己变麻木了，还是渐渐发现了这些人的美，抑或变得跟他们一样。

在西藏，心境如诗般宁静。

时日无多。遇见对的人，让你的心为之翻滚，都要格外珍惜。生活太枯燥了，冬天尤为死气沉沉。当抑郁、焦虑隔三差五找上你时，请一笑置之。这没啥大不了的，它们像感冒一样，会来也会走。我们都不要害怕，为不值得的情绪，提前预支了担忧。

还记得他说过："你要是不想为我们做出改变，那就滚！从此以后，就当我们没有你这个儿子！"

六

墙上钟表指向五点半。我钻进潮湿的被窝，身体还是冷得不停颤抖。我让Mao给我盖了两床被子，抿了几口瓶装水，躺下，试图让自己睡去。只有睡眠能够暂时关闭现实这道沉重的大门。持续的高原反应，让耳朵里犹如灌进铅水，钝重不适。整个大脑因为缺氧，像是用嘴不停吹了一个又一个难以成形的气球，脑袋被空无的麻木感与肿胀气流填满，混沌之感如糨糊般黏稠不堪。没有清晰有序的思维脉络，意识逼近零。这一刻，心底第一次滋生自己行将就木的暗流。这是意识被病灶侵袭后的衰弱与崩塌，某种招架投降、妥协与臣服。嗓子咽下唾沫，如卡住一枚冰冷的石子，口腔里到处是一块块的溃疡与脓疱。高热让嘴巴干燥不已，一直感觉口渴，实际上却丝毫喝不进水。在意识越来越模糊的情况下，我闻到一股柴火与煤烟的气味。慢慢地，我沉入睡眠的深渊。

灵性十足的生物，或许都会拥有做梦的能力。曾经坐在沙发上，目睹自己的猫蜷缩成一团，嘟嘟囔囔呢喃。它一定在做梦吧。我的疑问是，它能在那个梦的当下，带着或喜或悲的心情，感知并且身处那个此刻，记住促使它发出某种呓语的时空与事件吗？

梦境，在我这儿，是一道横亘在天空之上的彩虹。它是一座无言的桥梁，连接着两个虚实分明的平行时空。每当有梦发生，我都兴奋不已。然后在梦里拼命地告诉自己：记住它！使劲记住它。可是等到醒来，无论那个梦或长或短，似乎都很难清晰忆起。梦像是灵魂离开躯壳，依循某个神秘路径游走了一番。此时此刻，我累了，只想酣然入眠，做一个深深地能够被记住的梦。

在梦中，我看见去瑞典作交换生的Mao。

列车开动，速度渐渐提快。在完全封闭的车厢里，高速运行的车体有了一种让人抽离现实的离经叛道，理性意识似被甩了出去，好像我并非真实存在于此，反而看见几个爱热闹的人，三五成群聚在一起，说着各自身边的有和无。一句句玩笑，一个个用调侃的腔调漫不经心说出来的伤痛，谁谁谁患癌的茫然失措。

静静的生活被突如其来的疾病打断。谁都害怕生病。怕极了。粥状的意识，继续像一台失灵的涡轮洗衣机，毫无规律地运转。

从北雪平到哥德堡原本三个小时的火车车程，被意外延长至五个钟头，其中包括中途在卡特琳娜霍尔姆转车。

一头奔跑的麋鹿被撞飞，让换乘后的列车停靠在站台上经过长时间地等待。我将头仰在座椅上，眼睛望向窗外，大片高饱和的绿色草坪冲入视野，天空上的白云时有时无，远处晃动的斑驳小点点，应该是居民所住的大房子。

异国他乡，极昼，日照无眠。就让我写一封信给你，或者编发一条短信，投递、发送给那回不去的高原与雪山。

去过的西藏，在脑海若隐若现。很像冬天即将结束，天黑的时间往后延长，太阳舍不得落山，在酉时的十八点，瞅一眼，仍然闪亮。随后，天黑，仿佛是一瞬间的，像是那枚红彤彤的火球突然掉进山涧。

独自一人时，比如夜晚，很深很深的夜晚，总是渴望安静地坐在灯下。什么也不做，就是静静地坐着。那是对自己最忠诚的时刻。

七

没什么好怕的。到现在还清晰记得魔怔的那个阶段：在寒冷的北京冬天，晚上滴水不进，蹲在地上，双臂抱住躯干，看[V]频道很噪的MV。MV中的小男生穿着花花绿绿的彩裤，从地板上跳起来，抱着吉他弹奏酷酷的旋律。后来我听说了一个词——躁郁症。我想，那时一定是到达了"躁"的阈值。清晨与深夜，站在冰冷的旧厕所中淋浴，都要冻傻了，却欲罢不能。必须早晚各洗两次澡，带着一种病态的执行力，贯穿了二〇〇九年至二〇一〇年整个冬季。

大雪纷飞的夜晚，天空飘下雪花，小区里的路灯将雪地照亮。雪片就像是空中飞舞的游龙身上不小心掉下的鳞片，带着一种漫不经心的随意与无所谓，寂静地飘落。

太谦卑会置于你死地。

他自始至终都在往嘴里灌下那些黄色的液体。液体通过嘴巴，经过喉咙，冲刷进食管，抵达胃部。尚不清楚这些液体是否会在此消化，又想，或许被小肠吸收也未尝不可。

每当喝下那些酸涩的液体，脑袋瓜总会止不住钻出一些困扰已久的问题：比如，尿憋久了，会把膀胱憋爆吗？

"有我在。我会一直陪着你。我们一起面对。不要怕。"Mao说。

次月，他们开始了西南之旅。为了这次旅行，Mao足足筹备了一个月。晴一直想去贵州大山，有苗寨的江边，有劳动的号子声。内心燃起的渴望，统统来源于观看的电影。

那是专属于她的一份美好想象：非常近距离地靠近天空，

脚踩布满苔藓的泥泞土地，穿得破衣烂衫，忘我地赤脚走在山谷。在一声声喊山的回音中，酣畅，并且解气。

不怕太阳的曝晒，也不惧蛇虫的侵扰，将城市里憋屈的身躯，与大山融为一体。庞大的山体，仿佛无边无界。

走出去！用双脚丈量土地！像一个云游四海的苦行僧，一步一个脚印，从早走到晚。

告别枯燥无味的两点一线生活。不再斗智斗勇，不再周旋于精明算计的客户，为一个个销售单子抢得你死我活。

离开城市，离开公司，离开格子间。离开家。

她的"时间丢失症"在旅途中持续发作，记不大清楚昨日到访过的景点，Mao开导我："又不是电脑和录音笔，谁的记性也没那么好。忘记就忘记。总之去过了，感受到的东西迟早都会钻出来。"其实Mao的记性也很差，但与病理性遗忘不同。他的确不害怕忘记，正如他所言，忘记的，终归会跑出来。这点，Mao已经不止一次经历。在放松身体，意识接近于虚空的深度睡眠中，他再度看到那些被悄然遗忘的时光。在梦里飞行的奇妙经历，让他着迷并夜夜盼望。

"晴，你相信神灵的存在吗？"

他们第一次在"寂寞男孩俱乐部"相遇时，在灯光昏黄沉静的空间，Mao这样问她。

那时，晴尚未做变性手术，只意识到自己可能只是一位跨性别者。

八

她说："不对不对，都不对。你们描述得都有问题。不对，颜色也不对。是那种纯然得有阴影的光晕，并非像太阳底下突兀不带感情的一个个刷白。晒谷场，运河，女孩的身影，包括天空的颜色，全不对。"

深夜，晴这样说着不知所云的梦话，Mao背对着她，将这些支离破碎的呓语听到心里。

"我们两人必须要有一个，坚强而正常地生活，去面对残酷的现实。生活这样难。一件又一件破事没完没了地涌现，消失，涌现。我们暂且只能有一个人任性而不管不顾地按照心愿活。抓阄吧。谁抓到1，就过正常人的生活。"Mao说。

你不是王子，更不是公主，只能用自己的努力与勤奋，一步步扎扎实实地往前走。在这一路向前的单行道上，与大多数人擦肩而过。有的，停下来，说上几句话。有的，只是结伴同行，走上一段路后，互道珍重，各自起程。

活着，身体健康，品行善良，就是最大的幸福。

虽有足够多的东西填满整个屋子，让里面变得富丽堂皇，可是，你连门都不愿意打开，那也是没有用的。

不要自闭。

钢琴声在耳机里响起，她写下上面那四个字，像是对自己的忠告。她常常这样自说自话，即便没带纸笔，也会在公交车与地铁中，把不知因何涌上来的字词语句一一写在心里面。更何况，她是一个有准备的人。

出门在外，包里装着文学类书籍、笔记本与文具盒。平常使用钢笔，墨囊是纯蓝色，如果恰巧碰上没有墨水了，心里便不舒服。倘若时间尚早，便不辞辛苦去大超市的文具区买钢笔水。只有将这一件事完成，心才不会堵。至于为何只灌纯蓝色，那要源于童年上学时被老师规定的只许使用蓝黑色的内心叛逆。许多当时无能为力的反驳，只能在长大后的未来扭转。在外人眼里这些看似小小的更改，其实在一个独立的个体心中早已是某种翻天覆地的革命。这种反抗呈现出一种非常安静的声音，深深根植于她的头颅，在一天天不起眼的时间流逝中，影响她，塑造她，使之成为今天的模样。她非常讨厌一个词，累积，但又不得不承认，所有当下的发生，都是由过去旧的自己累积而成。

她开始意识到生活节奏的不对劲，日常行为也越发古怪。上班时，常常因听到一首好听的旋律而挂着下巴仔细听完。

一边抬头，一边瞅瞅歌名，低下头，将《如诗般宁静》这几个字连同书名号记在桌上摊开的本子上。字的笔画看上去很绵软，没有顿笔，碰到带捺的最后一笔，会拐成一道弯。于是凝视这道迂回的运笔，总会想起那次站在山顶眺望对面壮阔的"欧米伽大弯"。

地铁在回家的隧道中穿行。

心里难受，但对谁也没有讲。夜晚，坐在灯下，脚被压麻了，便把袜子脱掉。拉开一罐又一罐的啤酒，对着显示器无所事事。她觉得自己应该会突然晕倒，时间错乱与不知因何而起的神经亢奋，让她总觉被什么神秘的东西所控制。要么就认为自己其实已经疯了。所有正常的言行，不过是一次次拙劣的演技。她的虚荣心，恶劣的品行，裹挟着表演的成分，分分秒秒在上演。

西藏，是一直想再去一次的地方。离开工作轨道，让时间与行程皆由自己掌控。即便许多事情的完成都由不得自己，而是需要配合。一对一，一比一，需要对方的理解，全身心与之融合。这份对等关系，仿佛是两种截然不同属性的能量，在传导过程中，尽可能不被损耗，准之又准。

再过几天，北京的蝉就要叫了。它们从聒噪至生命的终结只有短短几日。有时，低头走路，很怕会踩死一只蚂蚁。曾经看到一只活鸡，被扔到一台机器里，几秒钟后，翅膀、脖子、腿儿，各自分家，从不同的地方飞出来。我哭着对自己说，从此以后，吃素。

长相不能成为一个人得以骄傲的资本。那是一个危险的工具，试图撬开某扇门，进入一个高级系统。在进入其中，逐渐改变，甚至迷失。

一整个上午，晴都在听Nina Simon（尼娜·西蒙）的音乐。睡眠虽然不足，却亢奋异常。似乎经历每一个良好的睡眠夜之后，都会是另一个无眠日的深渊。于是，就在这睡好一天又睡坏一天的恶性循环中，她开始产生一种或许自己可以不用睡觉的错觉。

脑袋发芽了！她这样形容那种滋味。

人心老去的反映，是变得爱独处。心里有欲望，也不会被情欲所控制。进退维谷，患得患失已不再。喜爱端详器物上那些奇怪的字符与精雕细琢的纹理，想，赶快回家吧，读上几篇宋词，听上几首节奏缓慢的new age（新世纪音乐）风格音乐。

对着窗外长时间愣神，一看，便是一两个小时。直到远处的高压线塔，被从天而降的雪花模糊了模样。

关于Mao与晴的故事，伴随我到精神卫生中心住院治疗，戛然而止。

九

我在那种医院足足待了三年。时光漫长，像坐监狱一样。到现在我也不敢回忆那段日子是怎么熬过来的。那需要极大的勇气。战胜胡思乱想的白天，以及黑暗得令人窒息的夜晚。时间长得足以发霉变质，让一切清新、美好、曾经欢愉的部分，石沉岁月的大海。

我甚至不确定自己是否真的疯过。恍若一场梦，睡睡醒醒，没有什么真实可言。也不觉得命运不公，被生活亏欠。自从有过一次精神病史后，每次遇到绕不过去的生活难题，就会前往普通的医院见苦知福，回来后整个人便豁然开朗。

在那里，酒精与84消毒水混合的气味儿异常难闻，急诊病人带着脓血的伤口、突发心梗生命垂危的老人、大面积烫伤嗷嗷啼哭的婴儿、盖上白布即将推进太平间的男人……那是一个充满希望又令人沮丧的场所，好像是一正一邪的两个极端：有人照见希望，有人却只看见恐惧。

在一个挂着下巴喝咖啡的早上，在我缓慢而均匀的呼吸中，我像是发现某个惊天的大秘密，在觉察出自己正常的气息后，如释重负，突然想到这些话。

如果世间太轻佻，请允许我此刻在这里严肃。如果大家都晚节不保，请让我们重回深刻。

如今，我时常想起在我发病期间，在那个根本就不曾存在的"寂寞男孩俱乐部"，九十多岁的老妇人所讲述的Mao与晴的爱情故事。我想，假使人世间真的有Mao，那么"我"便是晴吧。至于因病臆造Mao与晴并肩眺望过的欧米伽大拐弯，看来，我也只能赞叹与感怀造物主的伟大与弄人，难道不是吗？

凡墙都是门

一

醒来时，嘴巴子上还流着黏腻的哈喇子，像是一只夏日里跪舔完骨头的狗，来不及清理好毛发，一溜烟地跑了。墙上的指针指向午后三点零八分，我还是有一些迷糊，此时此刻，反而好奇刚才所做的那个梦，接下来，以及接下来的接下来，将会发生什么呢？带着这份神秘又略显兴奋的疑惑，我从小方桌前站起身，往那面白墙走去。

凡墙都是门。

这是我喜爱的一位消失了许久的女作家曾经写过的一篇文章的标题。据传，她最后露面的地点，是一个叫作月光古城的小镇。于是我又想起刚才所做的那个梦，决定穿过白墙，到古城那边去瞧一瞧，说不定，还能找到她。当我的鼻尖最先碰触到白墙的瞬间，全身上下的细胞与组织被"光门"打散，瞬间被传送到心心念的小镇。

二

门庭若市的月光古城，碎石板路铺就的道路是这里唯一一条主干道，最近生活在"蜂巢"中的阿鎏这两天被卷入一宗离奇的案件中。原来，在古城，道路两旁是呈蜂窝状的民居建筑群。在这座终日散发出黄色柔光的小镇，这是最为常见的房屋构造。

阿鎏是一个身形壮实的中年男性"蜂人"，年龄约摸四十岁，皮肤黑黢黢的，就像是牧民。如这里的男性土著蜂民一样，除了下半身罩着一张类似虎皮似的东西遮挡阳具外，全身上下，一丝不挂。

阿萱是一个长相颇像硕鼠的女性"蜂人"，年龄不详。在月光古城，一年，相抵于人间的十年，于是这岁数，便也失去了实际对标的意义。单说这向月亮吸取精华的阿萱，该从何说起呢？故事，真的是太多了。

三

鸟儿发出咕咕噜噜好听叫声的时候，阿萱正飞离"蜂巢"，准备去往碎石板路一家名叫"咸亨酒家"的饭馆。她的老父亲石月，开这家店铺已经有些年头了。他是昔日月光古城的镇长，自从职位上退下来，便安心经营这饭馆。一年一度的"那达慕大会"即将召开，此时的咸亨酒家，可谓是江湖豪杰荟萃的灵光宝地，热闹非凡。熙来攘往之际，阿萱只能牺牲自己的睡眠时间前来帮忙。要知道，身为原住民的"蜂人"，本是昼伏夜出的习性，否则这个不知何时聚居而建的镇子，也不会名唤"月光"。

月光是这里人民的能量之源，所有的"蜂人"，都是要祭拜月亮的。月亮，是具有神谕性质的光芒所在。倘若不拜月亮，或者没有休息好，"蜂人"就会变得非常易怒。睡眠明显不足的阿萱，这几日便深陷暴躁如雷的脾气里。在阿鎏眼中，阿萱简直判若两人。

四

我一直在想，趴在小方桌上做的那个梦，究竟会有什么预示呢？而我是谁？为何要穿墙而来？我似乎并不记得自己是谁，只记得穿墙之后，抬头看云的那个异常美丽的黄昏。

那天傍晚，我长长久久地凝望着西北方向的天空，太阳像是从一个开凿而出的地洞悄悄钻出来，努力向外散射出惨白惨白的光。这光芒被周围灰蒙蒙又错落的阴雨云，以一种细碎的光柱投射至月光古城的大地，仿佛带有某种不可言说的神性。于是我又忍不住回头，眺望对角线天空上的云团。这孤岛一般的大型云团，似乎也在暗示着什么，然而倘若要说出它们具体的意旨，那都是说不究竟的。于是我静然立于原地，像一棵稳稳当当的大树，面对这旖旎壮阔的天空，默默地流下眼泪。

来到月光古城已九日。这两天，着实因天空多变的云，就将它们自然而然赋予了一种美好的想象，或者说很玄的色彩。比如，在突然下起一阵急雨前，将快速变化的云朵，视为某种打着障眼法的"神迹显现"。也会在不经意间想起多重宇宙、七维空间这种假说，想起以前看到过的一个从小到大向更高一个层级拉伸的视频，如，从地球上一个最为细小的粒子开始，逐渐往上扩展：单细胞——多细胞——人——动物——高楼大厦——江河湖海——地球——木星——太阳系——银河系——仙女星系——河外星系——宇宙……思索着已经是在认知边界之外不着边际没有答案的问题。我常常想，那些已经故去的亲人，是否正以另外一种存在形式注视着自己，默默看护着我呢？也正因此，我才时刻提醒自己不要做坏事，就连心里有一些不好的念头，都尽量不要生发，力争做到孔子品评《诗经》时所说的"思无邪"。转而，索性，告诉自己不要去想这些玄之又玄、属于不可知论范畴的终极问题，而是要求自己先把眼前事做好，力所能及地赚钱，把入世的诸多功课与任务做好，其他的才能够成为可能吧。现在反而觉得，一些很现实的面对，其实与精神化的世界也并不矛盾。这，可能也是自己觉察到的一种顿悟式的自我成长。就好比，总要经历看山是山——看山非山——看山仍是山这个反复的过程。

那么现在问题又来了：我，究竟是谁呢？难道，我，失忆了吗？还是产生了某种"倒错"。时间、墙与门，都是带我去往未来的工具。

五

阿萱在昏迷了三天三夜后，终于醒了过来。她完全忆不起自己在沉睡中发生过什么，只隐隐约约记得梦里有一堵白墙，墙上突然显现的一扇怪门。

原来，没日没夜地劳作、帮忙，终于把她累趴下了。七月的雨，让月光古城终日沉浸在一种湿漉漉的泥泞与粘连中。这种湿气凝重的季节，让拨云见"月"后的夜晚，多了一丝丝神秘诡异的气氛，似乎筹备已久的那达慕大会，也不全然是一场体育盛事，反而像是一种祭祀仪式。

阿鎏拉起阿萱的小臂，轻轻说了声："来，起床，跟我走。"

阿萱揉揉睡眼惺忪的双眼，打着哈欠，跟随在前方凌空的阿鎏一起往月亮的方向飞去。

六

自打阿鎏被卷进一宗离奇案件，俩人每次相见，几乎都毫无由头。这个浑身上下布满腱子肉的男人，也并非在躲闪什么，他心里唯一的担忧，是怕殃及阿萱。此次他叫醒她，往西北天空的月亮方向飞，也不知道到底是要去干吗。她索性就跟着他飞吧，毕竟他是值得信赖与托付终身的人。

古城在一夜之间死了三十八个"蜂人"，惨不忍睹的血腥杀戮现场，留下了阿鎏本应自始至终挎在腰间的那把青光宝剑。相传，那青光剑是女娲补天时遗留下来的一把极具灵气与威力的法器。阿鎏出生之际，宝剑突然悬挂在老来得子的老父亲所造的"蜂巢"门上，自此，从小至今，阿鎏便一直佩于腰间。然而顷刻之间，素日里宁静的月光古城一下子死了这么多人，从案发现场看，似乎与阿鋆脱不开干系，虽然明眼人一看便知，这是有人要栽赃嫁祸于他，但要查得水落石出还他个清白，也终究需要一些不知要耗费多久的时日。

"难道在这个时期，就要躲躲闪闪吗？"阿鋆问阿萱。

"不用躲闪，更不要害怕，有我在。"阿萱回。

<h1 style="text-align:center">七</h1>

原来在七月，在深夜月亮所处的西北方向，有一座高山，名唤"月亮山"。山中住着一只庞然大物，样子像极了人间令人作呕生厌的蟑螂。每次怪物出现，四周的空气便会夹杂着类似人间男性精液的味道。曾经有人想为阿鋆辩白，提出古城所暴毙的那三十八个"蜂人"是否是山怪所为，但因现场并未出现刺鼻难闻的气味，就此只能成为一个假设。

这一夜，他带着她，往月亮山的方向飞，往那片被石月老人列为禁地的方向飞，就是想要亲自去查个水落石出。

飞抵月亮山，先要经过一片忘忧林。一整片长满红色树叶的森林，就连白天置身其间，也会见不到太阳，遮天蔽日，呈现出一片黑压压的血红色。古城里的蜂民传言这里隐匿着血魔，只是谁也未曾真正见过，不像月亮山怪，确确实实地存在。

八

无人知晓石月老人的真实年龄，除了束着一个类似道家的发髻，满头银丝外，倒是红光满面的，饱满而闪现出光泽的脸，让见到他第一眼的人觉得这不就是一位活神仙嘛。

由咸亨酒家所操办的那达慕大会已经锣鼓齐鸣地开始了。然而，此那达慕非彼那达慕，它与娱乐、游戏、体育没有丝毫关系，是江湖豪杰的一场雅兴聚会。不舞刀弄枪，也不过招比试，就是围坐在一起，像是安静下来的茶话会。发起人，便是石月老人。

一千三百年前，那时石月还是一个面容神采奕奕的小伙子，性格极其沉静，不动声色时，侧脸远远望去，剪影中，眉梢间，俨然是一位风度翩翩的美男子。那会儿尚未束起发髻，长发自然垂落，风吹过，有着形容不出来的好看飘逸。相传，住在忘忧林里的血魔对他心生爱慕，常幻化成"蜂人"，混迹在月光古城，偷偷看他。只是有一件事非常蹊跷，那就是这一千三百年来，石月似乎从未老过，倘若在古城驻颜有术，除了每逢十五满月要非常严格地行礼祭祀月神外，还要喝"红水"。说白了，就是鲜血。此次阿銮有一个大胆的假想，屠杀三十八位蜂民的凶手，会不会就是石月老人呢？

带着这份疑虑，他带着阿萱，往月亮山飞，去寻找最具占卜能力的山怪，让它暗示一些蛛丝马迹的破案线索。熟料，等二人终于排除万难飞抵月亮山谷的时候，眼前的一幕幕，简直令两人咋舌。

九

他们俩躲在树林后，只见在黄色月光的照射下，刚才还是一只庞然大物的山怪，突然就变成了石月的模样。阿萱张大嘴巴，差一点因惊讶而叫出声来，索性阿鎏眼疾手快，赶紧捂住了阿萱的大嘴。

四个人分别站在月光底下，只是中间隔着一道树林。阿鎏捂着阿萱的嘴巴，瞠目结舌地看着传说中的血魔，正舔舐着石月老人后背的伤口。

混乱不堪的思绪，让两个晚辈，一时间竟不知所措，只能面面相觑，保持长久的沉默。

这也不能说明凶手就是我的父亲。阿萱用腹语，向脸上明显现出愤怒表情的阿鎏说道。然而阿鎏爆裂开来的愤怒之火终归没有被压住，还没等阿萱缓过神儿来，阿鎏的翅膀已伸展至罕见的宽度，像参毛的一只猛兽，以极快的速度，飞到石月和血魔身边，拔出腰间的青光宝剑，照着石月的头颅，狠狠一剑挥去……

只听见有着柔光月色的山谷里，发出一声惨叫，久久回荡在夜晚的山间。

十

我突然被一阵急促的心悸而惊醒，揉揉眼睛，见自己身体完好地坐在方桌前。我摸摸脸，又用手掐了掐大腿，在确定上述的所有只是一番梦境后，心里怅然无比。

也不知写过《凡墙都是门》的那位业已消失的女作家，现在身处何方？在爱犬去世后，日子过得好吗？

想到这里，我将视线聚焦于眼前的白墙上，盯着盯着，仿佛墙面果真现出一扇怪门，而我也好像真的去过那儿似的。

206

绛珠仙草与神瑛侍者

庆嫂从杭州到北京摆早点摊已经八年了。

深夜一点钟，她都会准时起床，比鸟起得还要早！一个人剁肉馅、和面、擀皮、包好一屉屉小笼包。清晨五点半，蹬着一辆三轮车，准时出现在马甸桥底下。八年来，风雨无阻，前来小摊位吃早点的，大都是回头客，老帽便是其中之一。

他是北京土著，秃脑壳，人长得壮实，属于典型的北京糙老爷们。自行车车把上挂着俩鸟笼子，各养着一只戴胜。有时罩着蓝布，有时不。庆嫂打趣问，这鸟笼子套上一块儿布有啥讲究？老帽手一挥，咿咿呀呀地比画着。庆嫂笑，就跟完全听懂了似的。

留着五号头的庆嫂，一口龅牙，人精瘦精瘦的，春秋两季，特别爱穿一件碎花衬衣（就是不知是杏花还是桃花），一双跳舞练功用的那种老式黑色舞蹈鞋，也是长年累月地穿。跟小时候因高烧不止而烧成哑巴的老帽一样，她是一个从小左腿落下小儿麻痹病根儿的女人。两个人惺惺相惜，明眼人一看便知。

墙角有一朵花钻出来。紫色的牵牛花在大暑的清晨开得像一只碗那么圆整。庆嫂来来回回端详着正圆形的花朵，仿佛像是在打量宇宙的缩影。从花最外圈的深紫色，到伸进去的黄白色，中间犹如五角星般还有一段渐变式的过渡。造物主之所以神奇，从一朵花上就开始显示。她心里面想，莫非这就是一花一世界的意思？游移的神思只允许飘逸出一小会儿，人声鼎沸的马甸桥下，才是人间本该有的秩序与缩影，比起悬而未决的宇宙，庆嫂更爱这市井气的城市早晨。

曾经，年轻人最爱逛的宜家家居离这不远。每逢周末，小年轻们挎着标志性的蓝色编织袋出没于此，许是累了，或是干脆就是没钱，来到庆嫂又连轴转的夜宵摊，吃上一碗饺子，再撸几个串。

平时，出完早点摊，整理好家伙事儿，到家就已是中午十一二点了。累得没有胃口吃饭，就是困，如同一摊稀泥，躺在床上便沉沉睡去。从来没有失眠这回事儿，每次都会睡得酣畅。

这不，今日大暑，拉上窗帘，躺在冷气充足的房间，盖上夏凉被，总有一种乘坐飞机的错觉。其实庆嫂一次飞机也没坐过。刚来北京那会儿，从杭州坐了一天一宿的绿皮火车，在方庄左安门的体坛医院地下室二层，三百五十块钱，租了一个小得只能放下一张单人床的房间，关上灯，伸手不见五指。老帽那会儿干家电维修，庆嫂房间的吊扇坏了，他被客服安排过来修，俩人互留电话，一来一回便熟了。

那时老帽并非秃脑壳，发量虽然稀疏，但还是有的。也没养鸟，吊儿郎当的习气倒是一直在。干家电维修，哪个品牌有活，就接哪个。初中肄业的同学开健身房，只要没活，便去练肌肉。肱二头肌和胸肌异常发达，每次庆嫂都会忍不住多看几眼。这也难怪，自从丈夫心梗猝死后，反正也没孩子，不想再待在杭州，便北上进京。高中学历，但骨子里有江南女子的温婉，念书时最好的功课是语文，作文写得尤为好。班主任劝父母让孩子考大学继续深造，想必父母也是实在没辙，供不起她再念书，索性她跟着他俩做面点。一天深夜，她听到年久失修的老宅发出古怪的声音，睡眼惺忪打着哈欠循声一探究竟，熟料竟撞见父亲正在跟着一个女工交媾，她当场愣在现场，也把父亲吓坏了，试图堵住她的口，威胁她别把丑事说出去。那时母亲回安徽老家参加姐姐的葬礼，父亲却跟一个打工的干起了这门子勾当，她掩面跑下楼，第二天就买了火车票去往北京。母亲回来后，完全不知情，云里雾里的，以为庆嫂狠心丢下他们，加上自己的姐姐刚刚过世，在生离死别的情绪里还没缓过劲儿，想，是不是不想给他们养老送终，一气之下，干脆就让她走，也没寻她。

庆嫂对老帽说："帽儿，知道吗？写《麦田里的守望者》的塞林格，在现实生活中，有很变态的癖好。据说他会喝自己的尿！"

"啊？！"老帽张着大口，诧异不已。

"是，就是这样。那个离群索居的塞林格，就是个喝尿狂！"庆嫂似乎有些兴奋，当说出别人的癖好时，其实她自己正在用手揉搓着老帽的胸肌。

"也不知道为啥，反正看见男人的胸大肌，我后面就痒痒。我是不是很贱？"庆嫂问。

"兴许吧。"老帽也不含糊，直接比画着手势回道。于是两人在逼仄的地下室二层，爱，做得似乎更起劲了。

家住鼓楼东大街小经厂胡同里的老帽，别看从小吊儿郎当，但谁的地理，也好不过他。与其说地理，不如说天文。

下一次出现便要等6800年的尼欧怀兹彗星此时正光临太阳系，他表现得兴奋不已。小时候，他还记得在后半夜，穿上军大衣，跟随父亲一起仰望星空，追寻百武彗星和海尔-波普彗星。他总觉得，每逢地球经历重要天象，世界的秩序与格局都会发生巨变。更何况木星在今年也会频繁大冲，且与其他五大行星连成一条直线。宇宙的玄妙，正如那会子庆嫂不小心发呆观察一朵紫色的牵牛花一般。

住地下室二层的北漂经历，加之又是能量场极其不干净的医院地下室，庆嫂似乎对此心存阴影，以致后来即便数度搬家，晚上睡觉，卧室，也总会留一盏灯。她不怕光亮，再亮也能睡着。用她的话说，"光就是太阳，能祛邪除湿。我不怕温暖，越暖越好！"

老帽就爱庆嫂这样的人，觉得她傻乎乎的，干啥都直接，说话也不藏着掖着。他时常会觉得如获至宝，珍惜都来不及呢。

庆嫂怕黑，也怕壁虎。两人初次相见时，他修理好吊扇，接通电源的瞬间，一只壁虎正从墙角快速爬过，可把她给吓坏了。按理说，壁虎，总要好过带着长长触须的蟑螂吧。她"啊"的一声发出尖叫，一头扎进老帽的怀里。于是，似乎从那个潮湿闷热刚修好风扇分不清究竟是白天还是夜晚的那间地下室房间开始，他们每见一面就要疯狂地做爱。做的次数已经不记得了，只记得每一回都会有好几次。庆嫂像是一株久未逢雨露的植物，突然被这来势汹汹的情爱，准确说是性的快感，滋润着……都说"女人三十如狼四十如虎"，看来一点都不假啊。

有时她也会哭。第一次哭时，着实把老帽吓了一跳。事后才知，原来是她把自己当成了林黛玉，说自己上辈子也是三生石畔的绛珠仙草，这一世，是要用眼泪来还神瑛侍者以甘露灌溉的恩情的。老帽哪里懂什么《红楼梦》的典故，听得心里是一愣一愣的，寻思，这个瘸腿的龅牙女，不会脑袋有问题吧。

熟料，俩人越处越投缘，觉得咋就不能早一点让彼此相遇呢，真是白白浪费了人生先前大把光阴啊。

后来，庆嫂从左安门搬到海淀区的蓝旗营附近，老帽照旧骑着他那二八横梁自行车"不远千里"来看她，数七年如一日。一天，窗外正下着蒙蒙细雨，老帽说，要不，你跟我去领证吧……

雨越下越大，证，当然是没领成。然而，日复一日、年复一年的早点摊，却经历一年四季风霜雨雪的变换，从来没有中断过一次。后来，俩人又一起做起了夜宵：只包韭菜鸡蛋与茴香猪肉两种馅的饺子，凉菜只有小葱拌豆腐和花生米，肉串只有羊肉这一种，继续在马甸桥下出摊儿。

来来往往下夜班的小年轻们，或滑着滑板，或开着改装摩托车呼啸而过。夜色中，路灯下，只有庆嫂额头上的汗珠，被昏黄的灯光照得晶莹透亮。她把耷拉下来的刘海掖在耳后，继续与哑巴的老帽一边招待前来吃夜宵的食客，一边擀着饺子皮。

后来，北京市取缔了非法摆摊，庆嫂与老帽也不知所终。

貌似只有我，数年后，曾见过一对年龄相差悬殊的人，男的从驾驶舱走出来，快步走向后座，架好轮椅，待一一确认好细节后，打开车门，轻轻地把一个患有小儿麻痹症的龅牙瘦女人，给抱出来……

鼹鼠与她

　　倘若你想认识一个人，然而并未得到对方回应，那一定是因为缘分还没有到。别急，请再耐心等待。今天是星期天，王笑天像往常一样早起，甚至比工作日起得还要早。凌晨四点十分，他给猫铲完屎，已经坐在木桌前，双手交叉，开始祈祷。无人知晓他祷告的内容，就像无人知晓一个人真实的想法一样，因为每个人都各怀心事。

　　这几日，他一直放不下一个人。这个人并非恋人，也不是家人，而是一个根本就不知道具体住在小区哪里的陌生人。王笑天之所以在脑海里对她挥之不去，实在是因为她长得太像一只鼹鼠了！准确说，从五官，到身形，像极了已经出家了的妈妈。中年妇人留着五号头，个子瘦小，几乎总穿着一件灰紫色的碎花衬衫，尤其是那一嘴龅牙，着实令人印象深

刻。他并没有以貌取人，也无丝毫嘲笑之意，只是对她保有
很深的印象。

穿着单一但干净的龅牙妇人以捡拾垃圾维生，似乎王笑天
也只能这样揣测。他没有见过她的丈夫与孩子，于是又想，
她，结婚了吗？

头发梳得油光锃亮，留在发丝上的梳子齿儿清晰可见，那
么她为什么要选择捡垃圾呢？做一点别的事情不好吗？比如
去某户人家当保洁阿姨，照料刚出生的小孩儿，到工地给建
筑工人做饭，或者摆个摊儿随便卖个菜什么的。她，为什么
要选择做一个拾荒的女人呢？

八月未央，夏日里的蝉无休止地聒噪着。有时振翅一致，
大家一起鼓噪时，声音似乎很有节奏，也很好听，像是一下
子回到二十世纪八十年代，他刚出生那几年的童年。那时，
他的记忆之夏是墨绿色的，空气中泛着一股微凉的湿气，满
目尽是伸手可及的东西：杨树叶片，不知道名字的小黄花，
狗尾巴草，牵牛花，蚂蚱，葱绿的田间，黄色的地头……然
而现在尽是些什么东西呢？智能手机，iPad，各种学习机。
小小的一个孩子，一张嘴，说话满是大人腔调。

王笑天想，大部分的时候，蝉鸣的声音其实都非常刺耳，
几乎没有人会真正爱上这种噪声吧？然而，王笑天爱，就像

他在这个夏天偷偷地关注着这个拾荒的龅牙女人一样。

他的妈妈三年前选择在北京的法源寺出家。王笑天也不知为何，当年她要出家的消息让他很感动。全家族的人都在闹她，他就是很感动，没有一丁点儿的伤心难过。事后，他想了想，觉得这才是真正活明白的人生吧。生而为人的这一世，只为自己而活。作为儿子的他其实挺佩服，因为多数人都放不下俗世里的东西：亲情，爱情，金钱，权力，名誉……很多人觉得出家是无情、绝情甚至是自私自利的代名词，可是在王笑天眼中，那是身为一个独立的女性个体，为自己所选择的人生之路，就是因缘和合到了。就好比，天黑了，该睡觉了，而天亮了，就该起床了一样自然。这两周，他一直在阅读黑塞的小说《悉达多》，那还是五年前妈妈买的。她在家时，他都没有碰过。如今她出家了，他反而神不知鬼不觉地读起来，熟料却带给他无与伦比的心灵震颤。这是一本讲述佛陀在成佛前整合两个自我的正悟之书。他想，有的人喜好物质，有的人就只为追寻内心的笃定，如同沙漠不懂海洋，大地不懂天空。那么妈妈，一定是属于后者。

妈妈曾经认真地计算过从家去往"三味书屋"的距离与花费的时间。身为海走（北京海淀走读大学）毕业的她一直为自己的低学历而感到自卑，于是只要一有空，便钻进书店学个不停。"或许也根本就没有学习，但只要一迈入书店，身体和心里就像是被什么东西牢牢地俘获了。"她对儿子说道。

她买《世界文学》与《人民文学》杂志，慢慢地阅读王国维的《宋元戏曲史》，还有刚才提到的德国作家赫尔曼·黑塞的小说《悉达多》，以及因"三味书屋"自然而然联想起的鲁迅先生——只因泛黄做旧的封面上印有鲁迅与许广平怀抱婴儿周海婴的黑白照片，便毫不犹豫地买下别人写他的系列书籍"一个人的鲁迅"中的《一个人的爱与死》《鲁迅的最后十年》这两本书。她也会告诉笑天，太宰治的《小丑之花》这本书正是他的那部著名小说《人间失格》的创作原型。

清晨，她听着缓慢而安静的音乐快步疾走，想，倘若自己听的是快歌，肯定无法屏气凝神，进入到一种思维境界里去。走路时，遇见对面有人走过来，便将双眼自然垂下，认为那是对每一个迎面陌生人的最好尊重。

周末做义工，是城市绿化队伍中的一名公益园丁。清晨，穿戴好防晒衣帽，蹲在地上，一做就是三个小时以上。夏季，木槿生了虫子，便给一棵棵花树驱虫。雨后，一条条蚯蚓因为缺氧，从泥土里钻出来，她便用小木棍儿，小心翼翼地让它们爬上去，再轻轻放回到湿润的土地上，以免被突然从阴云里钻出来的大太阳而烤成蚯蚓干儿。

笑天问她："金钱，重要吗？"她回："那肯定是相当重要的啊！"但她也会接着说道："没有感受到富足生活的金钱，不要也罢。"

一花一草，一棵大树，便可以是整个世界。她是看着《新白娘子传奇》这部电视连续剧长大的七五后，每当听见《悲情面具》这首煽情的插曲响起，便会不由自主地掉眼泪。她并非伤心难过，而是感到心里被悠扬凄婉的旋律翻搅得干干净净。

午夜，趁儿子熟睡，打开电脑，浏览故宫官网。鬼使神差，仿佛被一股莫名的力量驱使，预订好周末两张门票。她对自己说：我还没去过故宫呢，想好好地看看这座古老的宫殿。

周日，一周仅休息一天的王笑天根本就起不来床，当她多次喊他甚至央求着跟她一起去故宫而未果后，带着极其复杂的感情，带着些许失落的心情，一个人坐上地铁，出来后骑上一辆共享单车，经过东华门，抵达午门。然而就在五四大街到许多拍摄故宫角楼那个绝佳位置前的一小段路上，有一个让她突然停下来的地方。她觉得非常不可思议，一个对历史知之甚少也并不热爱的女人，这种自觉让她自己都吓了一大跳。

她将左脚尖点地，右脚还踏在脚蹬子上，向右转头，仔细打量牌匾上面"北京新文化运动纪念馆"这十个红字。她并没有进去，也不想进去。此时此刻，她心系故宫。但她似乎还依稀记得这场运动跟鲁迅、胡适、蔡元培等人有关，其他细枝末节的地方就模糊了。她叮嘱自己晚上回去要查一查资料。

在故宫慢悠悠没有目的地闲逛，不知不觉已是日上三竿。抬头，见一块大牌匾上写有"斋宫"二字。她没有走进宫殿，反而是在侧边"故宫书店"的水泥台阶上坐下来。喝水、用湿巾擦汗、回复微信消息，待将这些事情做完，远远看见一棵古树，登时，心里不知从哪儿冒出来这么一句：嗨，大树大树，你可还好？……此话说完，便腾地一下起身，走出院落。

不知又走了多久，当再次抬头时，只见一只圆睁怒目的金色独角铜兽，带着锋利的爪牙，立立正正蹲伏于一块汉白玉的石板上。她思忖：莫非是麒麟？但仔细瞅又不似是。貔貅？也不像！那是什么呢？……正当她百思不得其解时，只听见一个字正腔圆的男导游带着一个旅行团说道："大家现在所看到的，是神兽獬豸。作为一种著名的独角兽，因'性忠直'而成为刚正不阿的代名词。而在标举'天一生水'的天一门两侧，这对蹲坐把守的鎏金铜獬豸，则为明代匠人们精心打造。大家请细细看，头部的造型，已不再是一只角，而是拥有一头火焰飞舞的'峥嵘头角'，并与尾部的火焰一起，构成了珊瑚一般的枝条。"

听完男人的上述讲解，眼神不知放在何处的她，反将导游从脚到头仔细打量了一番。只见他笔直的双腿裹着一条修身的深蓝色牛仔裤，小白鞋干净得能把人的眼睛晃瞎似的，一件毫无褶皱的白棉衬衣将锻炼有素的肌肉轮廓衬托得妥妥帖帖。瘦长形的国字脸，梳一个中分头。眉形甚是好看，鼻梁挺拔，薄嘴唇。正当她痴痴地盯住男人嘴角不放时，他似乎用余光察觉到她正在看他，于是将舌头伸出来，抿了一下上嘴唇，并不怀好意地用本就带电的桃花眼，投以似勾似引的意乱情迷。之后，乘人不备，急将名片以光的速度塞到她手心，慌得她是又惊又喜。

下午已然再无心思游逛这座六百年的宫殿，只是一边走一边留意着殿顶跑龙、乾清门前的铜狮子、伫立于西六宫之一翊坤宫"光明昌盛"屏门台基下的一对铜鹤。

突然，陌生而又熟悉的声音再次响起，这次不是率旅行团众人，而是独自一人，走上前与她并肩道："《甄嬛传》里华妃娘娘所在的翊坤宫的铜鹤，可与太和殿前基石上的大不相同喔！别处的，都是张嘴儿，昂首向前。这一处的，反倒是伸头，闭嘴儿。你知道是为什么吗？"

还没等她反应过来，他便说了其中缘由："太和殿前的鹤是长有尾巴的，乾清宫的仙鹤是秃尾巴的，这正是一种阴阳哲学的雌雄分野。前朝为阳，内廷为阴，哪怕是在故宫的这些神兽与动物上，也在极力体现着阴阳布局……"

后面的话，她完全没有听进去，只听见阴啊阳的、雌啊雄的什么的，瞬时，脸颊潮红。今年四十四岁的她，正值中年女人如狼似虎的年纪，她听见他在耳边不远处说着这些话，竟然不禁将手怼向了他的裆部……

不知怎的，乌云压天，大风乍起，把古树吹得发出急促的簌簌声。霎时间，挂着下巴不知何时睡着的母亲突然头一耷拉，在难以启齿的春梦中惊醒。她想：还好，还好，只是一个梦而已。否则，如何对得起死去的笑天爹呢！原来，从"海走"一毕业，便与同胡同的男人结了婚。笑天尚未满周岁。男人在内蒙古鄂尔多斯的小煤窑下矿，在一场意外的坍塌事故中丧命。出事那天，她刚好二十三周岁生日，心里还直嘀咕，老公怎么也不给自己打个电话呢？就当她还沉浸在埋怨之际，接到了他被压死的噩耗。当时她整个人愣住，然而没掉一滴眼泪，就是觉得心里有一根针在使劲地扎来扎去。直到看见面目完全模糊的尸体，突然间，号啕大哭……尸体在当地就火化了，回到北京将骨灰安置在昌平的一块墓园，自己特意留了一把，装在里面放有一张迷你《楞严咒》的一个长方形小口袋中，最后用一根金丝线扎好，供奉在家中摆放绿度母的佛龛旁。每逢初一、十五，必要放在左掌心，用右手轻轻抚摸。

有一回，趁她不在家，王笑天见写字台中间的抽屉没锁，本想翻翻看里面有无零花钱，熟料阴差阳错读到母亲的日记，一时间泪流满面……所有的故事，都是那之后他无数次借着各种机会在她的日记中偷偷知晓，包括她心里只是因为多瞅了导游男人几眼后的自责——如何对得起死去的笑天爹呢！她骨子里所认为的人的念想要像形容《诗经》的"思无邪"一样，不能掺杂半点污浊，污秽就更甭提了。具体，她这样写道。

就这样想，假设，有一个更高纬度的存在，在俯视着你每日的所思所想所行，如此，无论你是与他人共事，还是自己一个人独处，都会有一条线紧紧地勒住你，让你思无邪。久而久之，无论做什么事，心里就会有一把尺子，让你向善，从善，成为一种自然而然的习惯。

同时，王笑天还读到日记本里，她莫名其妙记下的有关"新文化运动"的笔记。

然而，最令他心里难受的，却是因自己一时贪睡，没有陪她到故宫一起去走一走、看一看的那个遗憾周末。

一直在想，这个明、清两个朝代的宫殿，这个曾汇聚昔日中国权力的圣地，这个充斥着权力争斗、官员之间互相倾轧、后宫嫔妃尔虞我诈的紫禁城，不也是"古月照今尘"般，让一茬又一茬的人——无论是帝王、将相、皇后、妃嫔、太监、宫女，以及当它变成旅游景点后，在这儿驻足、观望的你与我——转身离开吗？

是的，现如今，可真是名副其实地"转身离开"了。天底下最疼爱他的那个人，身，已经转向了法源寺。

最近的一个冬天，他坐着地铁，倒来倒去，鼓足勇气，终于去了一趟牛街法源寺。虽然他觉得她选择出家是一件特别对的事，也让他无以名状地感动，然而他终究是没有探望过她一回。这个昔日还处在妙龄少女一般年纪的母亲，早早就把他生下来，来到其实他根本就不想降临的人世，在心里，或许也有对她和他的怨怼吧。这是隐隐约约很难说清楚的一种复杂感受。

那天，好像是要下雪的样子，天空灰蒙蒙一片。湿冷湿冷的，他穿着一件厚厚的羽绒服还是觉得冷得不行。买好票，走进寺院，就见一个穿着棉制僧袍的僧人，手里拿着一个大白饭缸，里面装了许多小米，放在光秃秃的丁香花树底下，喂麻雀。麻雀乌泱乌泱的一大片，个个伸着灵活的小脑袋，机灵地啄食饭缸周围地上的米粒。似乎这是笑天在人生中所见到麻雀最多的一次。

她问那位身形圆融的和尚，有没有名叫兰絮的一位女僧人。和尚回他，在这里他只知道每位僧人的法名，俗家名姓，可是不知的，让他去别处问问。笑天哪里会再问，平时就不爱说话的他，今天勉为其难，为了寻找妈妈，思想斗争了数次，才总算来到这儿，倘若真的不知，是不是也就代表着这是上天的安排呢？

回到家，还来不及脱掉衣服，张在床上便睡死过去。冷死了，冷死了，在回来的路上，他就一直在心里嘀咕。醒来时，不知已经是几点钟，口干舌燥，特别想喝冰水。似乎羽绒服都要被汗水浸透，他拖着沉重的疲劳感，一件件费劲巴拉地脱掉衣裤，摸见自己滚烫的身体，下意识地想，不会是发烧了吧？试完体温，果不其然，38.7度。心里"妈啊"一声叫喊，竟然哭出声来……

第二天，在一个长相像极了鼹鼠的留着五号头的女人的敲门声中，他被狠狠地叫醒了。门刚一开，女人上去朝着王笑天就扇了一个耳光，并大声嚷嚷道："你他爸的死哪儿去了，死哪儿去了……"

紧跟其后的小姨忙安慰他道："笑天，你妈没打疼你吧？瞧她，刚从医院出来，还是这副臭德行！你甭理她。"

笑天忙道："没事没事，小姨，我不疼，习惯了。说完，嘻嘻地笑了。"

此时窗外，阴沉了两天的灰色天空，终于大雪纷飞……罹患精神分裂症已五年的母亲，被小姨搀进房间，隔着厚厚的木门，仍旧能听见她一会儿哭了笑，一会儿笑了哭，哭完吵着要去故宫游玩的痴言疯语。

旧事重提

　　他打开冰箱门，在扑面而来的一股舒服的清凉中，借着白色发亮的灯光，一边用手将玻璃板上的一瓶瓶苏打水摆放整齐，一边仔细打量每一款饮料上的名字：怡泉，倍特，chang soda water（泰象苏打水），圣碧涛碳酸饮料。觉得收拾妥帖，于是轻轻拉开一瓶玻璃材质罐装的chang soda water，细碎的二氧化碳气泡瞬间从瓶底向上升腾，乍一看，就像是一枚枚竭尽全力试图钻进卵子中的精子。当他的脑袋产生这种奇怪的念头时，他知道，吃药的时间到了。劳拉西泮片，这种盒子上印有"精神药品"的一种专供出口泰国的药物，它的主要功效是快速缓解发作的急性焦虑。于是从锡纸药槽中取出一粒，掰开一半，就着那瓶刚刚拉开的chang soda water，一饮而尽。

泰国牌的苏打水送服出口泰国的精神药物，看来再合适不过了。如果人生的慌张也能通过半粒药片拯救就好了。从心底想起这句话时，他的猫"丢丢"已经趴在脚底发出呼噜呼噜的响声了。

这是一只猫龄一年半的英国短毛猫，之所以取名丢丢，想必不用多言你也能猜个大概。发现它躲在小区肮脏的雪堆后面瑟瑟发抖的清晨，初冬的那场瑞雪已经下了一天一夜。大片雪花从分不清是阴天还是雾霾的天空缓缓飘落，带着一股粘连的颓败之气。作为一只看上去不到两个月的母猫，丢丢在那个万籁俱寂的早晨出现，像是上苍赐予他的一份特别礼物。要知道，冬季才刚刚来临，在接下来无比漫长的日子里，能够突然拥有这么一只呆萌的小奶猫，彼此做伴，被它呼噜呼噜的低频音治愈，不是礼物是什么呢？！

他把猫兜在怀里，小心翼翼地上了楼。打开门，一股热浪冲出，跟外面的冰天雪地简直判若两个世界。古怪的性格就跟他的姓氏"古"一样，令人捉摸不透，单名一个"洁"字，用他自己的话讲：并非什么志向高洁的意思，清洁啊保洁啥的那就更成劳心受苦的命了，都不是！而是取"质本洁来还洁去"之意。

"质本洁来还洁去"，这句话出自清代章回体长篇小说

《红楼梦》。而古洁，也是一个"写字"的人。他为两家杂志撰稿，合作时间已长达五年。一份是文学期刊，一份是旅游杂志。再用他自己的话讲：文学与旅行，是两件爱之如生命的重要事情。然而在现实生活中，他所面临的尴尬恰恰与这两件事息息相关。许多与他相识的人，就连比较亲密的朋友，也时常认为他只是一名互联网编辑。

"说编辑似乎还好听了些，其实就是一名小编……而已！"晶晶倒是不客气，一针见血这样形容他的职业。这是一个性格大大咧咧、说话口无遮拦的女生。俩人自小学、初中、高中皆是同班同学。一直到高考当天，晶晶突然失踪，没有参加考试的她失联长达二十年。如今，故人重逢，虽不致热泪盈眶，然而一颗感慨万千的心还是有的。

晶晶随同夺门而出的热浪一同迎接古洁的回家。这阵子，她暂住在他家，前来的目的只有一个，那便是叙旧。文绉绉的古洁不忘打趣她："人家鲁迅先生的散文集曾经取名《旧事重提》，你倒好，直接来我家，当面锣对起鼓！"

晶晶笑，见他怀里的小猫咪，接过去捧在自己的手心。房间里回荡着空调轰隆隆运转的声响。十一月下旬的北京，室外大雪纷飞，他们却在暖气给到爆的房间，吹着冷气。古洁，真不是一般的古怪。

"以后你要多写写流行小说，别竟是那种深沉的东西，太沉重了，都啥年代了，都在刷抖音，那么严肃的东西，没人看！"晶晶一语道破如今文坛的现状。

作为资产过亿的影视公司老板娘，她深谙市场化的作品套路，不止一次叮嘱他，要好好转变下思路，别在一棵树上吊死。一条道走到黑，在这个瞬息万变的时代，已经不被认为是坚守原则的优良品性了，充其量只是轴的代名词，故步自封、偏执、老古董。他觉得她说得对，只是一时半会儿还无法扭转心态，索性还是按照自己擅长的节奏继续走吧。就像他从小无法听那种节奏很快的音乐，无法读结构很复杂、叙述很绕的那类书一样。他想，在这个世界上，一定会有跟自己类似的人，在灵魂深处，对于文学、音乐、电影等文艺作品的喜好，拥有着惊人相似的品味。他深信同频共振这回事。

下雪天，除却睡觉，在北京最应做的一件事，就是该去故宫赏雪。如今他有了丢丢，有一种很复杂的心情是——还未曾离开，便已经开始想念。

每年冬天，古洁都会听一首叫作《温哥华悲伤一号》的歌。他很喜欢歌词所描绘的那种离别意味。就像多年以后，当他乘坐一架航班，经过数小时的长途飞行后，抵达新加坡樟宜国际机场，看见满目的葱绿，扑鼻而来的植物与花朵的芬芳，感受着湿漉漉的属于热带城市的气温，让他不自觉地振奋了疲惫多日的精神。虽然他自始至终都未曾抵达过温哥华，更别提处在北半球高纬度地区的加拿大了。

这么些年，他因为工作的关系，时常在全世界各地飞。起初他还未曾真切感受到这份令他人艳羡的工作给予他在能量方面的提升，充其量只停留在眼界与智识的打开，直到慢慢地他去往西藏、尼泊尔、不丹这些被大量干净磁场包裹着的中国地区与国家。有好几次，在采访、拍摄的途中，面对着受访的各种肤色的人，尤其是眼珠乌黑、眼神清澈、笑容灿烂的孩子，透过相机取景框，在按下快门的瞬间，他泪流不止……

一次，他拖拉着一只小行李箱，迈着沉重的步伐，搭地铁，换乘机场快线，带着一颗似乎尚未醒来的心，睡眼惺忪地办理好登机手续，飞往埃及首都开罗。在无比漫长的长途飞行里，除了偶尔吃几口水果块儿之外，便是蒙上眼罩，仿佛睡死一般地沉沉睡去。口渴了，撸下眼罩，手指按下呼叫服务。在咚的一声提示音不久后，在长长久久持续回荡着飞机引擎的轰鸣声，在需要加盖两条毯子的机舱冰冷温度中，在星星点点有的乘客斜上方的阅读灯依次亮起的照明中，他感受着自己暂时被锁在椅子上的心跳。有很多个瞬间，在感受着心脏扑通扑通跳动的当下，他都哭得不能自已。

那时，他并不知道，自己已经有躁郁症的倾向了。也是后来，在有一年经常凌晨三四点就自然醒来并且感受到身体像是服用了千年人参而浑身上下充斥着使不完的能量时，在持续的几乎停不下来的精神亢奋中，他反而意识到身体（准确说大脑）的某种不妙。果不其然，他被精神科医生诊断为双相情感障碍。这是一种抑郁与躁狂交替发作的疾病，像是一年四季中的冬季与夏季，一半阳光明媚，一半寒风凛冽。他在这两种截然不同的心境中，蹦跶着，沉睡着。后来，他竟慢慢学会与身体里这两只性格完全迥异的怪兽和平共处。医生开给他的药，除了因为开工作选题会，感觉到急性焦虑发作偶尔服用过一两次劳拉西泮片之外，他没有吃过任何其他抗抑郁或是缓解轻躁狂发作的精神类药物。但是，他喝酒，甚至到了某种酗酒的地步。

他很喜爱一位二十世纪六十年代生人的女作家——陈染。她曾经说，人世间有四种"飞着"的形式：一、生理本能——性；二、心理体验——情感高潮（非以性本能为动力的精神的力量——高度的人格、智力与审美的吸引）；三、消极方式——毒品或浓度酒精；四、积极方式——艺术创作，激情的又是冷静而沉重的创作是最为高级的一种。古洁无比赞同上述观点并深有体会，尤其对于"浓度酒精"而言，真是经历过一段极为沉溺而不堪回首的酗酒期。

一天刚刚开始，他便踩着一双夹脚拖去楼下的小超市买酒喝。几乎都是清一色的啤酒，科罗娜、百威、福佳白，直至喝到嘴巴品尝不出滋味，将先前那些口感清淡甚至带一些香甜味道的啤酒，换成苦涩的黑啤。口味越来越重，啤酒已经不能让他起飞，于是索性换成辛辣的白酒。起初还只是抿一抿，有模有样慢吞吞地品尝，稍微带着一份闲适的心情，后来干脆就像对待白开水，一饮而尽。医生说，倘若再这样下去，就不单单是躁郁障碍的问题了，还将会有严重的酒精依赖问题。然而，古洁并不把它们当回事，照饮不误。

似乎每个人都要经历人生中一段颓唐、难熬的日子。要想好起来，靠别人语重心长的劝慰是没有用的，得需要自己幡然悔悟才行。如今，他觉得自己能够"旧事重提"，在惊讶于自己勇敢面对真实的自己同时，也曾经质疑过：这份勇敢本身，是否就是一次隐性的轻躁狂发作呢？

大脑，真是一个神奇的器官。究其本质，无非就是一坨布满迂回、褶皱的肉，然而它却时时刻刻操控着一个人的喜怒哀乐。高潮时，仿佛已经洞悉宇宙奥义，活得明白、通透；

低谷时，恨不得终日昏昏然像鸵鸟一样把头埋在沙子里视而不见。古洁想，或许，时空穿梭真的可以完成，那就是在我们的大脑里吧。在颅内，我们可以去往任何想去的地方。要么深居简出，要么海角天涯。否则，静如止水的生活，对于他来讲简直会要了命。所以，大学毕业后，阴差阳错，从一名攻读文艺评论的硕士研究生，"改行"成为一家知名商业互联网公司旅游频道的编辑。他说，多亏有旅行，让我不至于因为关在房间坐在电脑前写稿而抑郁，有机会到不同的地方走走停停，让身体里的那头猛兽，得以在山水间驰骋。还好，我还保有文学创作的能力，让我知道自己的心底仍旧源源不断地升腾出无法言说的那股"文气"。

他对晶晶说："每一个感受力丰富的人都应该去创作。这里的创作并非指撰写工作PPT，写一些百度百科式的干货文字，或是做一些综合整理性质的编辑工作，而就是带着一份饱满、真挚的情感甚至情绪，但又不至于太飘忽，总之就是用心里面的那根线作为衡量的标尺，恰到好处地拿捏好分寸，把心中源源不断升腾而出的那份炙热甚至黑暗的能量，精准地还原。文学创作，准确说使用虚虚实实的小说这个体裁，其实是最为合适的。太理性的人写不了小说，因为他不相信心中的那些虚设是真实的；太情绪化的人同样也写不了小说，因为最后就变成了喃喃自语。要具备一颗天生'童痴'的心，无需经过什么刻意地训练，心中所流淌出来的句子，都会像水自然而然经过一颗石子一样圆融、顺畅。"

晶晶说："我们的生活真是太单一了。都是带货，都是卖课，就连'公众号时代'新媒体编辑写推文，还要模仿'买它！''乘风破浪'这些别人的东西。在这个资讯爆炸的时代，带给我们的，是真的'多'吗？还是千篇一律地复制、重复，甚至是垃圾呢？"

二〇二〇年，注定是多灾多难而不平常的一年。暂且不说席卷全球的新冠病毒肺炎疫情，暂且不说篮球飞人科比意外离世，就说前几日因为疫情而延迟播出的"三一五"晚会，某款App凉了，我当初就觉得那个模式有问题，一个资讯平台，不好好做新闻，竟想什么投机倒把的花花肠子。于是我就在想，那些流量造假平台，将流量视为一种买卖收益与游戏规则的知名商业公司，那个极具代表性的社交媒体，被彻查，是不是也是早晚的事？有朋友问我明年"三一五"最想看到什么，我说："数位唱片的销量、图书的实际销量、微博粉丝的真实数、微信推文的实际阅读数、明星的学历……"数字时代的"数字造假"，不是应该好好整治整治了吗？

集中看了会儿社会新闻，心里真是五味杂陈。最大的、最不堪的、最丑陋的浮世绘，永远都是活着的、逼仄的、现实得不能再现实的此时此刻。好似像一场华丽丽的表演，每个人都在配合着它卖力演出。难怪胡适先生会说"历史是任人打扮的小姑娘"。也罢，还是躲进文学中去吧。否则，真的就要金刚怒目了。

"怒！该愤怒的时候还得泄愤呐。"晶晶说。

她问我："知道你们做记者的做媒体的，一些时候会有无奈之举，但是，你是那样的一种媒体人吗？——只会歌功颂德，只会拍领导马屁，心里的真实想法是'我得把头上的乌纱帽给保住了，差不多就得了，上有老下有小的，先混口饭吃'。不该管的，绝不多管。"

我斩钉截铁地回答她："不是！"

在十六满月的夜晚，我对着那颗明亮的"大珠子"许了心愿。因为最近小说写得特别顺畅，我反而有某种"隐忧"。所以凌晨四点半起床后，坐下来，很郑重地对自己说：愿心流的这盏灯，永不熄灭。因为心流、智识，对于一个写虚构小说的作者而言，至为重要。最近，我能觉察出心里面像是被一块儿柔软的海绵包裹着，让我格外拥有饱满、踏实的一股能量。一切都要靠不断努力、笃定踏实地往前走才能够获得。

"你现在变得开心、自在，是否与外在变得好看有很大关系呢？记得你之前有一点点自卑，外形也不像今日这般漂亮。虽然我们都老了，但是你怎么反而变得愈发年轻了呢。你是如何做到逆生长的？"

"你说我啊？还真是不知道呢。好啦，别竟说我了，说说你自己吧，这失联的二十年，都经历过什么？要知道，你在我心中，可一直是个传奇人物！"

"你咋也变得这么贫嘴了！"

"我可没。这不是在你面前嘛。好啦，快说说吧。"

"你知道，我没有参加高考。"晶晶说。

"为什么？"我问。

"就是不想。"她轻描淡写说出这句话的时候，我还特意观察了她的表情，看看有没有说谎的嫌疑，然而坚定的眼神，似乎让我失望了。

"你们几乎所有的人都考上大学后，我留在家乡小城，什么都做过。跟一个姐妹合伙倒腾服装，最后生意越做越大，干脆开了一个精品店。卖服装卖腻了，跑去影楼，零基础学化妆。你猜怎么着？妆倒是没咋画，单子倒没少谈！一两百万的销售大单，都是我一个人拿下来的。要知道，在咱们那个小地方，二〇〇〇年，一两百万，意味着什么。偶尔还去给政府各种项目的剪彩当司仪，站一会儿，几百块钱就到手。”

晶晶滔滔不绝地说着自己的经历，那些包括我在内的其他同学根本就无人知晓的过往，突然间，开始对她竟有一种发自内心的钦佩。

她又告诉我，“五年后，妈妈患病去世。去世前，曾有过回光返照，她深知不妙，但内心并无汹涌的起伏，知道她时日无多，然而见到她这么些年来一直被病痛折磨，心里当时的感受就是，早一点离开，或许并非坏事。”她问我："你不会觉得我不孝顺吧。"我回她："哪里，反而是很深的对于妈妈的爱。"她一边说，一边流下眼泪。我递给她一张纸巾。她仰起脸，倒吸一口气，待心平气和后，继续跟我说话。

“古洁，你可曾知道，当你们每个人都去往了心仪的大学，我却独自一人留守故乡，其实心里面感觉是被丢弃的。”

听完这句话，我有一丝讶异。安慰她，“不是你自己突然决定不参加高考了吗？那不是你自己深思熟虑选择的结果吗？”

"是，也不是。一言难尽。不想说。"

"好。等你想跟我说时，再讲。"

"妈妈出殡后百天，我就只身一人前往北京。租住在南二环，方庄左安门体坛医院地下室二层一间小得不能再小的房间。关上灯，真的就是伸手不见五指。每天省吃俭用的，馋肉了，就买一只农夫农场鸡。时至今日我也没有给自己买过一件名牌，它们不适合自己，穿上、背上、戴上，总觉怪怪的。可能就像你，不舍得买衣服，但却舍得花钱买书、买磁带、买CD、买黑胶唱片、买花、买心仪的小物件一样。"

我点头，接道："四年半前，在北京，我给自己买下一个小小的二手房。在那小小的空间里，是书房、是咖啡馆、是小酒馆、也是猫舍……除了家人与亲密的人，从来不邀请别人来家里做客。我觉得它应该是只属于我的最私密海港。我挺喜欢独处的，享受它，待在房间，可以做很多事。"

"我懂。"晶晶回，"所以，人不要迷信一些什么理论。一切，咋舒服咋来。但是你要活得现实一点，然后日子再过得没心没肺一点。趁着身体健康、精力充沛，多赚些钱，别太想那些虚无缥缈的东西。我觉得这是我从咱们那个小地方来到北京后，最大的改变。"

"肯定的。要不然，你现在也不会成为一个影视大佬嘛。你有你的生活，我有我的。互相尊重。对了，跟你讲一件我家里的事。几年前，我老姨出家了。几乎所有的人都在反对，又是作又是闹的，貌似只有我偷偷给她发微信，鼓励她：老姨，只要你考虑清楚，觉得是发自内心的喜悦，就去勇敢地做自己吧。祝福老姨。我当时的想法包括现在也是，我们每个人，都首先是自己。哪有什么应该与不应该的。要尊重每个人的选择。你怎么知道你眼中的幸福，就是别人渴望的呢？那些'我都是为了你好''我活着都是为了你'……其实质，都是一种道德绑架，反而是更深一层的自私。退一步讲，自私地活，活'好'生而为人的这一世，又有什么不好的呢？每个人对于'好'的理解，因人而异。

"我觉得，很多人做一件事开心、满足，比如最近两个月之于我是每天写作三至五千字，就像一些人热衷权力、爱好宣讲、成为社会活动家，究其本质是一样的。还有一些人练瑜伽、旅行、跳舞、打篮球、打羽毛球、打游戏、跑步，甚至带孩子以陪伴他们成长为乐……沉浸在那个持续的状态里，感受到由衷的踏实愉悦感，都是一样的。"

"你说的这个，叫心流。"晶晶一言以蔽之。

"是的，心流。这股流，虽然无形，但它存在。搅扰你，感动你，仿佛有什么东西推着你往前走……

"我很迷恋村上春树的小说，抛开光怪陆离奇异的故事不说，就单说他每日的跑步、对于音乐的喜好，那种反映在行文中的流畅，就胜过中国好多坐在那只是一坨肥肉的所谓作家。音乐、音律，对于结构文章，有看不见摸不着的隐形助力。不信，你看看但凡写得好的作者，都是酷爱音乐的，或者本身就在音乐方面有很深造诣。现在越来越觉得，文学、哲学、宗教是一个三位一体的浑然整体。先从市井的如实叙述开始，之后进行哲学层面的关照，最后好像有个'绝对存在'的'先知'或是'神'，俯瞰着整个宇宙，笑而不语。"

"你够神叨的，先知和神都出来了啊。"晶晶打趣道。

"我还仔细观察过，长跑的人与练肌肉的人，从身形到性格，都不尽相同。爱跑步的人，身形纤瘦，喜欢独处。练肌肉的人，爱秀，喜欢呼朋引伴。从对体态的自我要求来讲，前一种人追求精瘦，后一种人追求块状，但两者都是对于身形的有意雕刻。

"你说，为什么北京的红绿灯，不能像东京或是京都那样，发出小鸟一样的鸣叫声。为什么这里的很多人，在公众场合，就像夏日里树上的蝉一样聒噪不堪。天生对高频、快歌与人声过敏的我，只能寻找安静之地栖息。但是会停留在这儿，心里的潜意识不断在告诉我，哪好也不如北京好。这里有颐和园，有二环里的鼓楼东大街，有万圣书园，有家附近熟悉的散步小花园。这里有我热爱的生活与眷恋的人。

"有时会觉得，我应该有一个阳台，抬头，就是傍晚绚烂至极的晚霞。也不说话，就深深地凝视，待它一点点褪去。转身给丢丢喂食，陪它玩耍，然后读书、写字，不再像之前那样到处旅行，就深居简出，也不去跟一些无关的人说话，但保持微笑。"

"说吧，你下一本书什么时候出版？"晶晶问。

"我也不知道，但一直在写，真的就是每天都在创作。"

"其实你现在不应该再写了，而是把写的这些都出版了。"她说。

"是，你说得没错。对了，你喜欢精装书吗？"我问。

"啥？精装书，喜欢啊！"

"好吧。其实我个人非常不喜欢精装书，非常。厚厚硬硬的纸壳子，是要把书供起来吗？开本越做越大。可能是我在旅行时都要带书阅读的关系，软的，纸张绵绵的，像是进口的瑞典或者芬兰轻型纸，就很好。打开，有一种原木的大自然的味道，且颗粒细腻，不像国产轻型纸显得粗糙。虽然我不做书，但我从小对纸张与文具痴迷。现在图书的产品经理，有一些纯属是为了工作而工作，本身并不爱书，也不怎么读书，真可怕。一个字体、一个行距、一个字距，满是学问。那年在京都的一家书店购买到村上春树的《刺杀骑士团长》文库本。我们国家的人民几乎都在地铁上刷手机，他们那个国家的人民几乎人手捧着一本手掌大小的文库本在读。"

晶晶接道："那个国家的集体意识是过马路自觉等红绿灯，不会乱坐老幼病残专席，无论男女老少都精致装扮自己，而我们国家的专家还停留在讨论男生要不要化妆，是不是显得很娘这种尴尬的话题上。无论城市、乡下，干净，还是干净。人与人之间不粘连，几乎从不给人添麻烦。让我想想，还有什么？……"

"看来你很喜欢日本喔！但你不觉得那个国家其实有一点变态吗？或者很变态！"

"可能是那个国家本身国土面积太'小'了吧，所以他们活得压抑，需要通过居酒屋文化、情色文化、妖怪文化、腐文化、二次元等，转化成现实生活里很真实的一种'大'确幸。小森，小时光，小确幸……光听上去就非常地精致、难言。"

"看来你非常哈日。"

"不。哈哈。"

"对了，老同学，你不觉得咱们俩的对话，说得过于密集了吗？如果你把它们都写进小说，俨然就是对话在推着情节走。"

"那咋啦！反正这是我这部短篇小说集的后面一篇，索性就任性地写呗。"

"这倒是。"

早晨醒来前，我做了一个怪梦。梦见自己穿过长长的走廊，去往楼的另一端。那边门庭若市，毛驴车上，有一对儿戴着棉帽的农民正在包合子，将馅儿放入擀好的大面皮中。馅儿竟然是从一个圆滚滚老妇人的肚子里用手掏出来的。正当心想，好恶心啊好恶心时，我就醒了。

听着歪歪扭扭的曲子，后摇。

又是新的一天。

人生中，最年轻的一天。

斯德哥尔摩之眠

  我的这个故事，与旅行有关，像是一场醒不过来的梦，做做停停。在天寒地冻的东北，在雾气昭昭的峨眉山，在极昼之中的斯德哥尔摩。现实、梦境，冷与暖，始终的白天与仿佛永恒的黑暗。记忆带着碎片、梦呓，一点一滴慢慢松动，如同冰封的河面在融化前，突然发出"啪"的一声碎裂。

  少即是多。正如结局早已注定，只需在转动的时间里，经过它。最后，忘记它。因为，时间根本就是不存在的。

  一块儿香皂，有一块儿香皂的使命。被使用，让用它洗手的人，手背与掌心，留下好闻的香气。然而，对于生活中根本不讲究吃穿用度的糙男人，香气这种东西，简直就是辱骂他们的代名词。吃，要大口地吃肉。酒呢，当然要喝最烈的酒了。尤其在冰天雪地，虎年除夕降至的傍晚，当阿宽和老母亲，各自从一边儿的热炕头儿，被外面叮咣作响的二踢脚吵醒，这才双双打着哈欠，慢慢地睁开眼。天，已经老黑了，雪还在下……中午的酒气尚未散尽，嗓子眼儿咽吐沫的咕咚一声，让阿宽像是一头大牲口，比如人高马大的骡子。他很结实，很黑，留着不到半厘米长的寸头，脑袋瓜儿远远看去，就像是一个大鹅蛋。

"宽儿，是不是又馋酒了？"老母亲问道。

"嗯，还想喝散搂子。"他说。

身为这嘎达的老大，在道上，人送外号宽哥。平日，时时刻刻威风凛凛的，但在老母亲眼里，始终都是她的小宽儿。别看老太太字也不识一个，说起话来，用现在城里人的话讲，那可全是心灵鸡汤，不显山不露水的，是有大智慧的高人。譬如她会说："宽儿，千万别告诉别人你心里到底是咋想的。就做个人心隔肚皮的狠人。"

一顿酒的工夫，能一连整出好几句呢。只是我记性不太好，加上坐在旁边竟察言观色了，提心吊胆还来不及，就别提记下老太太的金玉良言了。

"马保嘴，人保腿。"当她说起天寒地冻的东北，冷得嘎嘎的，贼冷贼冷的，叮嘱我要多穿衣，而我只敢斜楞着眼，用余光小心翼翼打量着宽哥的反应。

"听见没！俺娘让你多穿点！死疙蛋，你咋还不吱个声！"宽哥端起大白碗，另一只手挂在盘坐在炕头的右腿上，眼神一动不动，直勾勾盯着碗里被灯泡照得明晃晃的酒，听我小声应了一声"是"之后，一饮而尽。

瞬间，鞭炮噼里啪啦地放起来，声音由小及大，直至近在耳边。我像个被扒愣的不倒翁，猛地惊醒。

"我怎么在这儿？"

旁边，一个脸色煞白的家伙，反而被我的不知所措吓到，惊讶地说："怎么？莫非你不知道自己是鬼！"话音刚落，同排其他七个（准确说应该是鬼吧）连同前一排的八个，嘻嘻哈哈，跟着一起乐。

"下一个！"不知从哪儿传来一个男人浑厚的声音。

"喂！叫你呢。"旁边的鬼提醒道。

"啥？我们这是要去哪儿？"我害怕地问。

"去了你就知道了。"他回。

正当我摸不着头绪，置身在一片漆黑的荒原，突然，被一只可以攥住一整个身体的无形大手，从后背紧紧握住，像巨型娃娃机一样，抓起，悬空，等待投放。伴随着一阵揪心的刺痛，并感受到一股无法形容的彻骨寒冷，我再次猛地睁开了双眼。

躺在一张又长又窄的单人床上，被子已经蹬在了地上。房间非常小，拉着白色的窗帘，绢纱面料，让透进来的阳光变得柔和。床对面有一张小木桌，立着一个像砖头大小的长方形电子钟，时间显示为6:05，除了一台笔记本电脑，一个圆形插排，没再摆放其他物件。浴室洗脸水槽很小，像是一只倒扣的大碗。透明毛玻璃台面，上面摆着一瓶好闻的香薰，藤条散出来的香气，很熟悉，就是一时半会儿想不起来在哪儿闻过。空间很窄，没有放浴盆的地方，只有淋浴与花洒。灯光虽然暗淡，但很暖。

狭长且安静的小房间，令刚刚惊惧的心逐渐恢复平静。这是位于斯德哥尔摩郊外的一家旅馆。作为一行十余人的媒体采风团成员，从北京直航，九个多小时的长途飞行后，夹带着一种莫名其妙的亢奋落地。身在极昼的城市，加之倒时差的辛苦，脑袋像是一台错乱的机器，突然睡着后，怪梦不断。我的故乡并非在东北，此时这里也是炎炎夏日，仔细听，窗外还有从草坪传来音乐节的演奏声，怎么会梦见那么一个冰天雪地的地方呢？我最怕冷了。

通往梦境世界的大门，在拥有丰富湖泊资源的北欧国度，悄然开启。第一层，第二层，现在做到第几层？作为读者的你，能够轻而易举分辨得出来吧。

环顾四周，除了洁白无瑕的墙壁，总觉房间里还有什么东西，像是穿墙而过，肉眼并不能看见的Wi-Fi信号。莫非，是幽灵？伯爵变的吸血鬼？抑或是古堡里鬼鬼祟祟的过街老鼠？

带着一连串一厢情愿的揣测，出于对电话铃声的先天反感，让手机一直静音。不响的手机就像是一只沉睡的小动物，看着倒挺可爱。

能够保持清醒的时间越来越短，一天二十四小时，能有六个小时就已经不赖了。嗜睡症的怪病，出发前填报签证在健康信息一栏，并未如实填写。这是我第一次来到欧洲，不能自断前程。这个怪病一旦发作，还真是令人哭笑不得呢。头刚一沾到枕头，秒睡。沉实的睡眠，会令失眠症病人羡慕不已吧。然而这份嗜睡的烦恼，可能与失眠患者同样拥有烦恼一样，也只有当事人自己清楚。

有人不休不眠，而我则昏昏欲睡，没有好坏之分，就看你将睡与醒两者中的哪一个，视为圭臬吧。一天的时间就那么多，究竟要如何度过，好好想清楚再说。

好不容易来到梦寐以求的斯德哥尔摩，怎么能睡在房间虚掷光阴呢！还是想出门走走，蹦跶蹦跶，使劲地往上跳一跳，看能不能挣脱地球的力，甩掉身体里的瞌睡虫。

"但是记得，天黑之前务必回来。"

总有一个声音，在耳畔轻声地提醒我。真是令人毛骨悚然！究竟要不要出门呢？我又开始纠结了。要知道，我是可以在小桌子前一直坐着，只要有太阳，天还亮着。我甚至可以不吃不喝，就像有的人不眠不休一样。

但是，天一黑，就不行了。像是忙着归巢的鸟儿，咕噜噜的叫声，也逐渐止息。我不能在户外待得太久。

因为，我是一个没有影子的人。

一个三口之家，妈妈将小孩子扛在肩上，父亲手里拎着小推车。咿咿呀呀哼着童谣的小孩儿，让我想起小时候——有一天，一个胸前印有小写字母blur（模糊乐队）、穿蓝色帽衫的男孩儿，一直调皮地踩着地上的影子。我赶紧绕开他，很害怕他将我的影子踩个精光。

然而，我终究还是失去了它。打那以后，我便开始变得嗜睡。

走着走着，我开始跑起来。曾经腰椎间盘突出，拦腰斩断一般刺痛的体感，可能与胃痛、牙疼不分上下。骨科医生再三叮嘱，不许再跑步了，无论先前有过怎样锻炼身体的习惯，跑步，必须断绝。快走，可以。

自行恢复跑步的感觉真好。迎面跑来的，还是那些熟悉却从未打过招呼的面孔。东南方向，天空上有一颗闪耀的星。

星星发出光，历经许多光年到达地球，肉眼可见常态天体最远距离的M33，需要长达二百九十五万光年。而我们在哪儿？当然是宇宙。地球。

为了争取此次媒体采风团名额，我可是没少下功夫。除了在本职工作岗位上兢兢业业，我还格外留心之前常常被我忽视的生活中的小细节。很像打球。一个人在家附近非常不起眼的户外篮球场运球投篮。没人知道，别人压根儿也不会关心一个打着球的陌生人，不会关心他的所思所想，不会关心他为了能够借工作机会免费去往瑞典旅行所付出的努力——达成心愿之前，闷不吭声，非常努力地工作。在大城市里生活就是这样，每个人都是一座孤岛，倔强地游泳，默默练习。说来也奇怪，身心俱疲时，就打开已经落了一层灰的电视机，找到体育频道，按下静音键，像一摊稀泥似的瘫坐在沙发上，静静地注视着屏幕里的画面。大多是篮球赛，有时是散打，两个健硕的男人，戴着牙套与护具，将该防备的身体部位护好，然后看他们挥舞着拳头，或是伸出脚，狠狠地照着对方踹下去。毫无例外，一个人默默地观看，直到靠着沙发背睡着。

是卫生间大碗一般的洗脸池上一只蹦跶的蛐蛐把我从梦中

摇醒。一面饥肠辘辘，一面寻思怎么会梦到这种昆虫呢。撩起背心，捏着一圈肥肉，好像又胖了不少。腹肌消失不见，已经有三四个月了。不再像以往非常严格地去健身房举铁，取而代之的是夜以继日地采访、写稿、制作专题，一个人吃午餐，晚上加班，订外卖随便对付一口后，就尽快坐在电脑前，为了在会上多报几个选题而绞尽脑汁做功课，放弃了每天晚上聆听Karen Carpenter（卡伦·卡彭特）唱片的习惯。这是为了来瑞典所付出的代价。完美地表现出对于工作的热情，告诉上司，假如我去，能将瑞典的什么，耳目一新地带给我们的网友。

无非是想争一口气，被人瞧不起的一口气，人微言轻的一口气。凭什么，只因生性懦弱，就得什么好事都让给别人？是替补？是备胎？NO！

心里开始感觉到有压力在涌动，用吃东西来缓解。张开嘴巴咀嚼食物，而不是发出声音与同事与陌生人说话。只要你愿意，身为编辑而不是记者就有这个好处，躲在犄角旮旯弄稿，隔着电脑屏幕与各种聊天工具，打字、沟通、传输工作文档，就可以暂时免去与同类在现实中的直接往来。最为关键的一点，他们看不见你脸上的表情，更无从知晓心里面的任何想法。

人心不用隔肚皮，隔着一台电脑一部手机就行了。

如果不小心变胖了，比如因为暴食，一直吃、吃、吃，让难过的心情好受，索性先不去自责，就当是生了一场大病，身体它想要吃许多食物，以此获取好起来的能量。发福，是非常自然的一个过程。你要接受自己的转变，并且要开开心心地坦然接受。

为之努力的过程非常辛苦，我开始安慰自己，说白了，就是为变胖找理由。不过天道终于酬勤，我从频道五个编辑中脱颖而出，被主编指定参加这次的媒体团。媒体团包括报刊、电视台这样的传统媒体，以及国内顶级的新闻单位。而我呢，是此行唯一的一家商业网站编辑。十几个人，可谓浩浩荡荡，组成一支媒体精英队伍来到斯德哥尔摩。

出乎竞争对手意料的是，我向主编提交的媒体采风报道方案是《喜欢待在房间做饭的瑞典女人》。其他同事无外乎是有关这里的湖泊、时尚、音乐节、设计，甚至还有极昼与"同性恋之都"这样的选题。

我在Word文档上阐述道：小切口入题，从一个喜欢做饭的瑞典当地女人出发，通过受访者热气腾腾的厨房，反映出北欧人的某种孤独……

为此，我还特别强调，所拍摄的照片，将会调成高级感的青蓝色，就是白色的墙壁，会隐隐发出一种偏青绿色的蓝光。

一个爱吃甜食的髋部横向距离宽到夸张地步的梨形身材的胖女人，没日没夜在厨房烹饪，自此，再也没有走出过房间。蹒跚的步伐，就像是一个暮年的老太太，虽然她才三十出头。

人世间是一个巨大的游乐场，卖力演出的同时，别忘记自娱自乐。

我开始在狭窄的属于北欧国度的房间遐想联翩，不明白为什么单人床要打得如此窄，是设计之都追求极简风吗？出国前，我只知道宜家的总部在瑞典。这里还有曾经在纪录片频道看过的玻璃工厂。一个有文身的嘻哈范儿年轻人，对着一根长长的管子，将烧成液体的玻璃水，吹成一件好看的艺术品。年轻人留着长长的卷发，穿黑色Vans滑板鞋，不言不语地工作。整洁的工厂地上，摆放着大大小小造型各异的玻璃制品。晶莹剔透的玻璃表面，映出那一年的记忆。

当年我还很瘦。一个骑车的胖男人与我迎面交错而过，他看上去心事重重，许是喝了许多酒，宿醉，面部浮肿未退。不知他将去往何处。直觉告诉我，他可能是一个厨子，也可能是一个卖手机的。为何有这种职业揣测，完全是出于一种本能的感知。就像M33，从深空，被哈勃望远镜探知。

地球上这么多人，尚且不包括累生累世曾经存在过的。与一个人相遇，暂不提相知相惜，能够遇见，就足以心生欢喜。

在地铁口遇见亮亮，就是。

从二号线鼓楼大街地铁站走出地面的楼梯口，一个戴着一顶旧式棉帽的小伙子，一只手抱着iPad，另外一只从外衣兜摸出零钱正要投进碗里。我没有丝毫犹豫，在他面前停下脚步，问道："你好！请问你叫什么名字？"

"陈宥亮。"

一句客气的废话也没有，更别提警觉心了。这种爽快，像是他提前知道我会问他一样。

碗边，跪着一个乞丐。不经意瞥见脸，真是把我吓了一大跳！只能用非常恐怖来形容：额头、眼睛、鼻子、人中、嘴巴，应该是烧伤复原后，被岁月"风化"后磨成了圆溜溜的弧度。五官之间，像是被线缝住了似的，相互之间费劲地抻着、揪扯着，同时又挤压着。尤其是眼白，边儿上布满一道道红血丝。女人瞅着我，把我给瞅毛愣了。如果非要用一种动物形容，她很像是一只变形的树懒。

我特别想吐，可能是因为亮亮就在跟前，于是使劲憋着，没好意思露馅儿。我不该对命运本就不公的女人生出分别心，不该着相。罪过啊罪过。我在心里念叨。倏尔，话头一转："把你微信给我！"我要求道。

"好的。"干脆地应声后，他马上报出了自己的微信号："M33，M大写，然后是名字拼音，小写。"

等反应过来，无论是自己的询问方式还是口气，都显得过于愣头愣脑时，我这才意识到，原来眼前这个也就二十岁左右的小年轻，总觉似曾相识，像是在哪里见过。

会是他吗？那只在起雾的半山腰消失的白猫。

刚毕业时，第一次出差，被派往峨眉山拍摄金顶日出。头一晚，住在半山腰的一家酒店。入睡前，山风籁籁，月华皎皎，带着对次日的希冀，又唯恐摄影技巧与经验不足，无法完美地完成工作任务，陡然袭来一阵心悸，冒着虚汗，虚掩着被子，惴惴不安地睡去。半夜，突然又醒来，察觉天尚未亮，雨声滴答滴答，落在竹叶上异常清晰。只觉心中万籁俱寂，心中悬着的大石头悄然落地。潜意识告诉自己，下雨了，就不用去爬山拍什么日出了吧。于是侧躺着身，紧紧掖好白色干净的被子，就那么一直专注听着窗外的雨声。四月末，房间微凉，冻得鼻头发红。那时比现在更社恐，心里一直默默许愿，希望雨可以一直下，一直下，别停，不要停，如此，便可以一直待在房间里赖着不走。突然，"喵"的一声，一只大白猫从雨雾的窗台蹿过，我分明看见那是一张人脸，而且还是一个男孩儿。瞬间，所有一己的小心思，都被那张人脸猫打乱。倒不是害怕，反而是好奇，有一些非现实的期待。毕竟，我本来就不太喜欢这个现实之中的世界啊。

想，又是意识上演的旧把戏吗？像幻术一般。于是我不情愿地下床，在雨声的黑暗里，摸索着背包，兵荒马乱地掏出一片奋乃静服下。

雨声滴答。

同样格外潮湿的墙上，有一只慢慢蠕动的蜗牛。这种雌雄同体的生物，能够与自己的任何同类产卵，在正常情况下，可以活上二十年左右。

未曾想到，百转千回，努力博得的来到瑞典的机会，真真切切陪伴着我的，不是美丽的风景，而是房间里的一只蜗牛。要去看蜗牛，是个地方，只要你愿意，都能看得见吧。更何况，谁想在异国他乡看什么蜗牛啊！

突然之间，我开始觉得饿得慌。饿得前胸贴后背。《喜欢待在房间做饭的瑞典女人》的选题执行开始困扰着我。我找不到受访对象，也不好意思开口让同行唯一会瑞典语的旅游局工作人员帮我引荐。平时习惯了单打独斗，有困难就憋在心里，不想麻烦任何人。

此时此刻，能够低下头，喝上一碗热乎乎的大米粥，就已经很知足。这里的人吃硬面包喝牛奶。我开始想念祖国的食物——从小到大，几乎早餐顿顿会喝的白粥。

要进城吗？坐上地铁，去斯德哥尔摩的市区晃一晃。

或者，可不可以好好地喝上一杯呢？不去碰手机，不回什么没完没了的微信，也不去想"瑞典女人"的采访，就好好地坐在桌边，认认真真地先吃一顿饭。

算了，就这样吧。

我在心里铺上一张白纸，写下上面那句话。想起生命中许许多多无能为力的时刻，除了用"算了吧""就先这样吧"与自己和解外，尚未找到其他比较好的方法。

我把心里面正在播放的歌曲同样调到很大声。你也可以试着做这个游戏。真的，试试看。

其实，不一定要活在梦想里。就像，有的旋律并非要写成一首歌。那份感觉，就活在心里好了。反倒是每天兢兢业业工作，趁年轻，身强力壮，多赚一些钱，才最为实际。至于其他，就等待水到渠成。一切，自有安排。

很久以前，听见一首自己喜欢的歌，恨不得抓住身边的每一个人，让全世界都知道，都听见。后来发现，原来，听歌啊包括看书，其实是很私人的一件事。被感动的心，与那个或听或看的对象，就像是两个转动的齿轮，自己可丁可卯地跟它们咬合住就得了。至于其他，那种欲施于人迫不及待的分享之心，现在回头再看，仿佛都像一个个笑话。

我很想出门，却被什么东西困在了房间。我想跑，用力奔跑。

面对大山，面对溪流，面对海，面对茫茫白雪。安住心。不着相。

我头仰着天，曲颈，使劲下着腰，就好像，能够接到被烧成粉尘的陨石似的。云层在不知不觉中叠加成暗淡的蓝灰色，一粒粒小小的冰晶，谨小慎微地落在我的睫毛上。不一会儿，它们变成雪片，带着寂静的声音，悄悄地飘落。

于是，我睡意全无，身体倍感轻盈，仿佛新生了一般。迅速换上运动裤，戴上鸭舌帽，去往户外，开始跑步。

"不响的手机像是一只沉睡的小动物。"嗯，我记住了这句话。

太阳终于出来了。而我，一心只想回到我的那个家，把自己藏起来。虽然，在这座其实是属于他们的城市，那个家，也并非真正属于我，但，它的的确确又是我的。让我哭，让我笑。

人生会拥有崭新的一天吗？可能会，也可能永远不会。

附：本书作品创作年表